꿈
DREAM
이란

DREAM

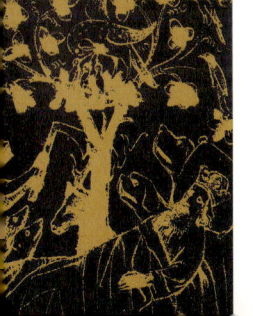

인문
교양
학교 3

꿈
이란

데이비드 콕스헤드, 수잔 힐러 지음 | 이희정 옮김

평 단

꿈속에 내재된 실재를 어떻게 이해할 것인가?

꿈을 꾼다는 것은 하나의 보편적인 경험이다. 한때는 모든 사람이 꿈을 꾸는 것은 아니며, 꿈을 꾸더라도 아주 드물다고 생각하던 때가 있었다. 그러나 현재 우리는 모든 사람이 일반적으로 꿈을 경험한다는 사실을 알게 되었다.

사람은 누구나 꿈을 꾸며, 꿈은 고양된 의식 상태에 이르는 유일한 길이다. 고대로부터 꿈은 창의력과 건강, 미래에 대한 지식, 무아지경의 통찰력을 얻는 데 이용되어 왔다. 그러나 꿈은 한동안 이성주의자들에 의해 무시되며 그늘에 가려졌었다.

하지만 이제는 역사, 문화, 예술, 과학, 철학 등 다양한 분야를 통해 꿈속에 내재되어 있는 실재를 이해하는 방법을 배울 수 있다. 이

책에서는 고대부터 현재까지 꿈에 대한 접근이나 해석에 대해 살펴보며 그리스, 성서, 회교, 민속학, 인도, 정신분석학 등 다방면의 문화적 학문적 접근을 시도해본다.

Contents

PART 2

도판으로 이해하기

PART 3

주제별로 살펴보기

PART
1

밤 의   환 상

잠을 자며 꿈을 꾸는 사람

태초에 말씀이 아버지를 있게 했다. 태초에는 아무것도 존재하지 않고, 공상만이 존재했었다. 아버지가 환영에 손대자 뭔가 신비스러운 걸 느끼게 되었다. 그러나 아무것도 존재하지 않았다.

어떤 꿈의 작용으로 우리의 아버지 나이무에나 Nai-mu-ena(꿈 또는 꿈을 꾸는 자)는 자기 몸에 신기루를 새기고 있었다. 그는 오랫동안 사색하면서 깊은 생각에 잠겼다. 그러나 아무것도 존재하지 않았다. 그 환상을 떠받쳐줄 지팡이조차 없었다. 우리의 아버지는 환영을 꿈의 실오리에 붙이고 입김을 불어 그대로 붙어 있게 했다.

그는 나타나는 것의 밑바닥에까지 들릴 만큼 소리 질러보았지만, 그곳 역시 아무것도 없었다. 아무것도 존재하지 않았다. 그러자 아버지는 다시 한 번 텅 빈 환영을 꿈의 실오리에 엮어 매고 그것에 주술적인 내용을 불어넣었다.

그리고 나서 꿈의 도움을 얻어 그것을 한 조각의 천처럼 간직하고 있었다. 그리고 신기루의 근본을 붙잡자 그걸 발판 삼아 몇 차례 발을 굴러본 다음 드디어 꿈꾸었던 대지 위에 내려앉았다.

도대체 무슨 이야기인지 종잡을 수 없는 이 신화는 콜롬비아의 우이토토^{Uitoto} 인디언들에게는 심리적 정신적 실재이며, 꿈의 작용을 통해 이 세상의 창조가 이루어졌다는 것을 얘기해주고 있다.

태초에 '말씀'이 있었는데, 그것은 들리지 않는 소리이자 무^無의 시작이었다. 그러나 이러한 비존재로부터 우주의 몸체이신 아버지가 순수 존재로 나타났다. 그는 창조주다. 그는 자신의 존재로부터 환영을 만들어내어 그것을 꿈에 비끄러맨 다음 그 환영에 주술적인 내용을 불어넣었다. 그리하여 이 세계가 존재하게 된 것이다. 그것은 하나의 실재다. 이로써 그는 자신이 꿈꾸어오던 땅 위에 내려앉을 수 있게 되었다.

여기에 서술되고 있는 꿈의 이치는 우리가 존재하는 일상 세계, 즉 전체 세계의 본질을 이루는 것으로서, 분명히 보통의 꿈이 의미하는 바와는 전혀 다르다. 만약 창조라는 것이 깨어 있는 상태에서 꿈꾸는 자의 꿈이라고 할 수 있다면 그 꿈의 상태는 어떤 것일까?

꿈을 꾼다는 것은 하나의 보편적인 경험이다. 한때는 모든 사람이 꿈을 꾸는 것은 아니며, 꿈을 꾸더라도 아주 드물다고 생각하던 때가 있었다. 그러나 1953년에 아서린스키^{Aserinsky}와 클레이트만^{Kleitman}이 수면 중에는 빠른 눈 운동^{rapid eye movements, REM}이 일어나며, 이러한 눈 운동이 꿈을 꾸는 것과 관련된다는 것을 밝혀내고부터 우리는 모든 사람이 일반적으로 꿈을 경험한다는 사실을 알게 되었다.

우리는 잠에 들었다 깰 때까지 서너 번 꿈을 꾼다고 한다. 꿈을 꾸는 시간의 길이는 아침에 가까울수록 점점 더 길어지며, 모두 합해서 보통 한 시간 반 정도가 된다. 어린아이들이 성인들보다 훨씬 오래 꿈을 꾼다는 사실을 감안하면 사람은 일생 동안 대략 4년 6개월에 해당하는 시간의 꿈을 꾼다고 할 수 있다.

우리가 꿈의 생리학을 이야기한다고 하더라도 우선 꿈의 시작과 끝을 정의하지 않고는 꿈이라는 경험을 이해할 수가 없을 것이다. 우리가 어떤 지식을 얻으려면 대개 연구와 기술 습득이라는 까다로운 훈련을 거쳐야 하는 것과는 달리, 꿈을 꾸는 데는 아무런 준비나 사전 지식이 필요치 않다. 꿈을 꾸기 위해서 어떤 화학적인 자극 따위에 의지할 필요도 없다. 이러한 의미에서 꿈의 상태는 깨어 있는 상태와 마찬가지로 그저 있는 것일 뿐이다.

꿈은 우리가 존재하는 것처럼 존재하며, 현재의 우리가 실재하는 것만큼이나 똑같이 실재한다는 점에 꿈의 기본적인 역설이 있는 것이다. 우리가 꿈속에서 겪는 어떤 대상이나 행위의 경험이 깨어 있을 때의 그것들보다 그 실재성이 덜한 것은 결코 아니다.

이러한 역설은 이미 천여 년 전에 장자莊子에 의해 언급된 바 있다. "어느 날 밤 나는 나비가 되는 꿈을 꾸었다. 나비가 되어 이리저리 훨훨 날아다니며, 내 운명을 만족스럽게 생각했다. 그러다가 홀연히 잠에서 깨어나 보니 나는 다시 장자였다. 도대체 나는 누구란 말인가? 장자가 된 꿈을 꾸는 한 마리의 나비란 말인가, 아니면 한 마리의 나비가 된 꿈을 꾸는 장자란 말인가?"

문제는 우리가 실재를 어떻게 정의하느냐에 달려 있다. 꿈을 꾸는 동안에는 그 꿈을 사실로 경험하면서 잠에서 깨어난 후에는 그 꿈이 사실이 아니었다고 생각하게 되는 것은, 아마도 꿈을 꿀 때는 의식이 열리지 않기 때문일 것이며, 그런 상태에서는 우리를 둘러싸고 있는 실재의 전체를 볼 수 있는 시각을 갖지 못할 것이다.

인류학자인 카를로스 카스타네다Carlos Castaneda는 《돈 후안의 가르침》이라는 책에서 그가 만난 야키 족의 샤먼 돈 후안과의 대화를 다음과 같이 기술하고 있다.

"내가 주장하는 것은, 그것이 실재가 아니었기 때문에 그 전체적인 사건은 힘의 싸움일 수가 없었다는 것이네." "그렇다면 무엇이 실재란 말인가?" 돈 후안은 내게 차분히 물었다. "지금 우리가 바라보고 있는 이것이 바로 실재라네." 나는 주위를 가리키며 말했다. "하지만 자네가 어젯밤에 보았던 그 다리도 실재였고, 숲도 실재였고, 또 그 밖의 모든 것도 마찬가지였다네." "그러나 그것들이 실재였다고 한다면, 그것들은 지금 어디에 있는 걸까?" "그것들은 바로 여기에 있다네. 자네가 그것들을 다시 회상할 수 있는 힘만 가지고 있다면 말일세. 그런데 지금 당장 자넨 그렇게 할 수가 없을 것이네. 자네는 그것을 계속 의심하면서 골머리를 썩는 편이 낫다고 생각할 테니까 말일세. 이보게, 내 말이 틀렸나? 지금 우리 앞에 놓여 있는 세계는 단순한 세계가 아니고 세계 위에 세계가 놓여 있듯이 아주 복잡하기 그지없는 그러한 세계란 말일세."

유물론적 철학은 의식을 하나의 단일하고 단순한 실재로 믿게 하려 했지만, 정신을 중시하는 인도의 철학은 의식에는 여러 가지 수준이 있다고 가르친다. 심리학자 찰스 타르트Charles Tart도 이와 비슷하게 사람들이 꿈을 꾼다고 해서 모두 하나의 똑같은 상태로 들어가는 것이 아니고, 꿈의 과정에 따라 질적으로 매우 다른 수많은 상태—또는 변경된 의식의 상태altered states of consciousness, ASC—로 들어가게 되는 것이라고 말한다. 이렇게 본다면, 우리가 보통 잠잘 때에 꾸는 꿈은 복합적이고도 다양한 수준을 가진 꿈의 세계 가운데서도 극히 초보적인 단계이며, 그 시작에 지나지 않다고 하겠다.

이 세상이 시작된다고 할 때 그것은 남아메리카 인디언 신화에서 처럼 나이무에나의 한 꿈으로 시작되는 것이기도 하고, 또 인도 신화에서처럼 브라마의 꿈으로 시작되는 것이기도 하다. 왜냐하면 오스트레일리아 원주민들에게 꿈이나 또는 꿈꾸는 시간이라는 것은 그 존재의 완전한 과거, 현재, 미래이기 때문이다. 꿈에서 존재하지 않는 것이라면 현재에도 있지 않은 것이다. 그러므로 사람은 더욱 실재적으로, 또한 시간 밖에 있는 시간에 속한다 할 이러한 신화적인 행위에 제의를 수행함으로써만이 실재와 평형을 유지하며 보조를 맞출 수 있다.

한편 미르체아 엘리아데Mircea Eliade(종교학자)는 그의 신화론을 피력하는 자리에서 말하기를 어떤 신화의 등장인물과 사건이 어떤 꿈의 등장 인물이나 사건과 상동 관계homology에 있다고 해서 곧 그 신화와 꿈이 근본적으로 동일하다는 것을 의미하는 것은 아니라고 주장한다. 그러나 이러한 상동 관계는 신화 그 자체가 꿈이기 때문에 지적될 수 있으며, 위대한 꿈의 실재는 신성한 종류의 것이다.

엘리아데가 말한 바와 마찬가지로 무의식적인 것이 만들어낸 것이 그대로 종교의 원소재일 수 없고, 종교가 포함하고 있는 모든 것—상징, 신화, 의례 등—일 수 없다. 사실 이것을 거꾸로 말한다 해도 맞는 말이다. 즉, 잠자는 사람의 꿈에 나타나는 것과 같은 무의식의 산물들은 위대한 문화가 만들어낸 신화와 상동 관계에 있다. 왜냐하면 이러한 신화들은 보다 높은 종류에 속하는 의식적인 꿈이기 때문이다. 이러한 까닭으로 해서 우리는 개인의 꿈과 신화를 모두 꿈의 상태를 분광할 때 나타나는 현상으로 다룰 수 있다.

오스트레일리아 원주민들은 "백인은 꿈을 꾸지 않는다. 그들은 다른 길을 간다. 백인, 그들은 다른 길을 걷는 사람들이다"라고 말한다. 그러나 우리는 꿈꾸는 법을 배울 수도 있다. 만약 우리들 대부분이 세계의 실재를 바로 여기 눈앞에서 볼 수 없다면 아마도 우리는 경험을 통해서 배우기 시작할 것이다. 그리고 결국에는 이들 세계의 실재라는 것도 실은 또 하나의 환영에 지나지 않는 것으로 판명될는지 모를 일이다.

다시 장자의 이야기로 돌아가 보자. "공자와 자네도 한낱 꿈이며, 자네가 한낱 꿈이라고 말하는 나 자신도 꿈에 지나지 않는다네. 이것이 하나의 역설처럼 들리겠지만 훗날 어떤 현자가 나타나 그것을 설명해줄지 뉘 알겠는가?"

인도의 철학자 바그완 스리 라즈니시Bhagwan Shree Rajneesh도 지적했듯이, "꿈은 매우 중요한 주제들 가운데 하나다. 그러나 아직은 베일에 가려져 있어 잘 알려져 있지 않고, 숨겨져 있다. 그것은 은밀한 지식에 속한다. 그러나 이제 기회는 왔다. 은밀히 가려져 있었던 모든 것이 그 모습을 드러내고, 이제껏 숨겨져 있던 모든 것이 이제 더 이상 베일에 싸여 있을 수 없게 되었다."

꿈에 대한 학문

그리스의 전통

헤르메스^{Hermes}가 죽은 사람들의 영혼을 저세상으로 인도해가는 동안, 꿈의 마을 데미오스 오네이론^{demios oneiron}을 지나가게 된다. 《오디세이》에서는 그 장소가 현실 세계와 접경하고 있는 오케아노스의 외곽 구역에 위치해 있다고 한다. 호메로스 이전의 그리스에서 우주는 일련의 동심원 모양으로 구성되어 있다고 생각했다. 그 중심에는 제우스가 있으며, 우리 인간에게도 익숙하게 알려져 있는 합리적인 세계가 자리 잡고 있고, 중심에서 멀어질수록 시공간적으로 뒤처지게 된다고 여겼다.

중심 바깥의 동심원에는 괴상하고도 조악한 습속을 지닌 야만의 세계가 있는데, 그중에는 저 영원한 황금시대의 복 받은 자들의 섬도 포함되어 있었다. 그 세계 다음에는 오케아노스가 있으며, 오케아노스 너머에는 현실 세계와는 다른 사자死者들의 영역이 있다고 믿었다. 이와 같이 동심원을 이루는 각각의 세계는 시공으로도 이어져 있는데, 중심으로부터 멀리 떨어진 바깥 세계일수록 시간상으로 보다 초기에 해당되고, 공간상으로는 아득히 멀다. 그리고 중심에 자리 잡은 것이 바로 지금 이곳의 세계다.

그리스인들의 신화적인 지도를 살펴보면 꿈은 현실 세계의 가장자리, 즉 이 세계가 시작하는 곳과 맞붙어 있다. 그러나 중심의 현실 세계는 제우스가 통치하고 있기 때문에, 꿈이 비록 모호하고 예스러운 성격을 가졌을지라도 이 세상에 전달될 때에는 제우스나 기타 다른 신들이 보내는 분명한 메시지로서 전달된다. 즉, 그리스인들은 꿈이 사람을 찾아오는 것이지, 사람들이 꿈을 찾아가는 것이 아니라고 생각했던 것이다.

오르페우스 신비 종교의 교리에 따르면, 우주의 첫 번째 원리는 크로노스^{Cronos}, 즉 시간이며, 그 시간으로부터 무한을 상징하는 카오스, 즉 혼돈과 유한을 상징하는 에테르^{Ether}가 유래되었다고 한다. 혼돈은 외피 덮개를 형성하고 있던 밤에 의해 둘러싸여 있고, 그 덮개 밑에서 우주적인 물질은 에테르의 창조적인 활동에 의해 서서히 형체를 이루어간다.

그리고 마침내 이 우주는 밤이라는 껍질로 뒤덮인 하나의 알 같은 모습을 지니게 된다. 이 거대한 알의 위쪽 부분은 땅을 이루는데, 바로 그 중심에서 최초의 존재 파네스^{Phanes}, 즉 빛이 태어난다. 후에 밤은 모로스$^{Moros(악의 운명)}$와 케르$^{Ker(파멸)}$, 타나토스$^{Thanatos(죽음)}$, 히프노스

그리고 '꿈의 백성'을 낳았다. 꿈의 신 모르페우스^{Morpheus}는 히프노스의 아들이다. 꿈의 백성과 꿈 세계의 이미지 및 대상들을 족보상으로 보면 태초의 존재에 가까우며, 그들을 지배하는 신 모르페우스보다 먼저 태어난 자들이다. 모르페우스는 우리가 우리 각자의 꿈을 지배하듯이 꿈의 세계를 관장한다. 우리는 꿈에 대해 책임을 지지만 꿈의 존재는 우리의 힘이 미치지 않는 곳에 있다.

꿈의 본질을 이해하는 데 있어서 후기 그리스 철학이 기여한 것이 있다면 그들이 이룩했던 구체적인 업적 자체보다는 그들이 이집트와 극동 지방으로부터 유입된 개념들을 여과해서 전달해준 점, 꿈을 신성한 것이 현현하는 것神顯, Theophany으로 생각하는 신화적인 믿음, 세계를 합리적으로 설명하려는 그들 나름의 기준으로써 '현대적인' 탐구 자세 사이에서 생겨난 긴장된 분위기 속에서 가다듬어진 개념들을 전달해준 것이라 하겠다.

그리스에서는 헤라클레이토스로부터 시작해서 기원후 2세기의 꿈 연구가인 아르테미도로스에 이르는 약 700여 년 동안에 꿈에 관한 수많은 이론이 등장했다. 이것은 물질적, 신비적, 분석적, 미술적, 의학적 이론 등등으로 분류할 수 있다. 그리고 이들 모두는 금세기 초까지도 서구에서 유용한 이론으로 여겨졌다.

호메로스는 이미 꿈을 두 부류, 즉 '상아의 문'을 통과해 들어오는 꿈과 '뿔의 문'을 통과해 들어오는 꿈으로 분류하여 전자를 진정한 꿈으로, 후자를 거짓된 꿈으로 여겼다. 이로써 이들 각각에 대한 기준을 세우는 것이 꿈에 관심 있는 후대 학자들의 연구 주제가 되었다.

'근대 의학의 창시자'인 히포크라테스는 신이 꿈에 영향을 미칠 수도 있다고 믿어, 꿈이 임상학적인 가치가 있다는 이론을 정립했다. 인간의 영혼은 깨어 있는 상태에서 육체적인 기능을 담당하느라 바쁘지만, 육체가 잠이 든 동안에는 몸 전체의 균형을 판단하고 또 질병의 원인도 알아낼 수가 있다. 즉, 꿈이 일상적인 생활을 그대로 반영하는 한 육체는 아무 탈 없이 건강한 것이다. 그러나 예를 들어 만약 꿈에서 태양이 검게 보였다고 한다면, 진짜 태양과 대우주적, 소우주적 관계에서 일치하는 우리 몸의 해당 기관에 무슨 탈이 생긴 것이다.

헤라클레이토스는 "깨어 있는 사람들은 공통적인 하나의 세계를 갖고 있지만 잠자는 사람들은 각기 그들 자신의 사적인 세계를 갖는다"고 했다. 그에게 있어 의식은 불이고, 생명이며, 지식이었다. 의식은 중심에 있으며, 이성의 빛이다. 그는 우리가 "잠잘 때나 죽었을 때 우리의 영혼은 타오르는 불꽃으로부터 빠져나와 촉촉한 곳으로 젖어든다"고 생각했다. 물이 된다는 것은 영혼에게는 죽음을 의미한다.

꿈은 각자의 개별 세계를 형성하며, 어떤 의미에서는 여전히 오케아노스 부근에 있는 짙은 시간의 안개 속에 있는 것이라 할 수 있다. 그리고 그곳에서는 의식도 그 안개의 심연 속에 잠겨 있다.

아리스토텔레스는 꿈이 신으로부터 오는 영감이라 생각하지 않았다. 꿈이 만일 신으로부터 오는 것이라면 꿈은 가장 선하고 지혜로운 사람에게만 수신되어야 할 것인데, 사실은 그렇지 않다고 주장했다. 꿈은 모든 표현의 중심이자 느낌의 중심인 '마음'에서 일어나는 것인데, 그 '마음'은 또 육체의 미세한 움직임에도 영향을 받는다는 것이다. 깨어 있을 때에는 보다 격렬한 감각 활동으로 인해 그런 미세한 움직임은 묻혀버리고 만다. 그러나 꿈을 꾸는 사람은 그런 미세한 움직임에도 매우 민감하기 때문에, 유능한 꿈 해석가는 그러한 꿈으로부터 질병의 징후를 예언할 수 있고, 또 치료를 위한 처방을 내릴 수도 있다.

따라서 수면 중에 처음 시작된 움직임들은 낮에 이루어질 행동의 출발점일 수도 있다는 결론이 되는데, 이는 이러한 행동들에 대한 생각을 낮에 반복함으로써 밤에 마음에 떠오른 이미지들을 통해 그렇게 할 수 있는 길이 마련되었기 때문이다. 이와 비슷하게 가까운 친구들에 대해 꾸는 꿈은, 우리가 친구들에 대해 너무나 잘 알고 있고,

꿈을 꿀 때는 깨어 있을 때보다 미묘한 점에 이르기까지 좀 더 솔직할 수 있어 동기를 파악하여 행동을 예측할 수 있기 때문에 예견적 Precognitive이라고 할 수 있다.

"유능한 꿈 해석가가 되려면 깨어 있을 때의 일과 꿈속에서 일어나는 일 사이의 미세한 유사성까지도 포착해낼 수 있는 능력을 지녀야 한다. 왜냐하면 생생한 꿈은 누구라도 해석할 수 있지만 이미지들은 마치 물에 반사된 그림자 같아서, 물에 비친 그림자는 본래의 것과 똑같지 않을 뿐 아니라, 이미지들도 실제 대상과 같지 않기 때문이다." 아리스토텔레스는 꿈을 예견적인 차원으로만 보는 견해에 반대하였는데, 이는 꿈이라는 것이 워낙 다양하기 때문에 그 가운데 몇 가지가 어쩌다 나중에 일어나는 사건들과 우연히 맞아 떨어지게 되는 수도 있다는 점을 파악했기 때문이다.

아리스토텔레스가 대표하는 합리주의적 경향을 지닌 이론에 대한 대안적 이론이 피타고라스에 의해 주장되었는데, 피타고라스는 수면 시 영혼은 육체의 무덤을 떨치고 나와 높이 치솟아 높은 존재를 지각하고 그들과 교제할 수 있다고 믿었다. 꿈에 대한 이러한 전통적이고도 신비스러운 개념은 오르페우스 신비 종교의 교리와 함께 이집트에서 유래된 것이다. 이집트에서는 우리가 잠을 잘 때나 죽게 될 때

바 ^{ba} 또는 정신적인 생령^{Spiritual double}이 우리의 육체를 떠난다고 믿었던 것이다.

이와 비슷한 견해를 플라톤도 언급한 적이 있다. 그는 "공중에 떠도는 영혼들은 우리 곁에 머물면서 우리의 영혼에 감각과는 다른 이른바 이데아들을 새겨넣기도 하고, 또 신의 질서를 전해주기도 한다"고 했다. 이러한 견해는 신플라톤주의자들에 의해 발전되었으며, 다시 영지주의자들에게 전해졌고, 르네상스의 비술 신봉자들을 거쳐 신지학파의 추종자들 및 금세기 신비주의자들에게까지 전해지게 되었다.

에페수스의 아르테미도로스는 "꿈과 환영은 무엇인가 이로움을 주고, 가르침을 주기 위해 인간에게 스며든다"고 했다. 아르테미도로스는 그리스인으로서는 처음으로 꿈에 대한 이론보다는 오히려 꿈 그 자체를 연구한 사람이었을 것으로 추측된다. 그는 "나는 밤낮으로 꿈을 해석하고 판단하는 데 내 온 영혼을 소모시켜버린 것 외에는 아무것도 한 일이 없다"고 말했다. 그는 최초로 꿈에 관한 저술을 선보였는데, 3,000여 개에 달하는 꿈의 사례를 관찰하고 그것을 근거로 해서 일관성 있는 접근을 시도했다. 아르테미도로스가 저술한 《꿈의 해석^{Oneirocritica}》 전 5권은 헬레니즘 특유의 분석적인 접근 방법을 구사한 전형적인 예라 할 수 있다. 이 책은 후에 지그문트 프로이트로부터 열렬한 찬사를 받았다.

아르테미도로스는 꿈을 해석하기 위해서는 꿈을 꾼 사람에 관한 정보를 입수할 필요가 있다고 주장했다. 그의 성격이나 기분, 삶의 정황, 이름 등등 이 모든 것을 알 필요가 있으며, 그렇게 함으로써 어떤 특정한 사람과 어떤 특정 꿈이 연관되는 양상을 이해할 수 있다고 주장했다. 아르테미도로스가 쓴 대부분의 저술에는 주제별로 분류한 방대한 꿈의 목록이 실려 있고, 이러한 방법은 보다 간단한 형식으로 다듬어지면서 오늘까지도 서구 세계에서 대중적인 인기를 누리고 있다.

두 눈을 잃는다는 것은 부모, 형제, 자식을 잃는 것이다. 그럼에도 그런 꿈은 감옥에 갇힌 사람이나 아주 가난한 사람들에게는 좋은 꿈이 된다. 왜냐하면 죄수들의 경우에는 그 자신의 죄를 더 이상 보지 않아도 된다는 뜻이 되고, 가난한 사람의 경우에는 맹인에게 많은 사람이 온정이 베풀어지듯 그에게 온정이 베풀어지게 될 것이기 때문이다. 만약 잃어버린 물건을 찾고 있는 사람이 이러한 꿈을 꾼다면, 그는 결코 그 물건을 찾지 못하게 된다. 그러나 시인들에게도 눈이 머는 꿈은 길몽이 된다. 왜냐하면 그들이 시구를 구상할 때에는 단잠을 자야 할 필요가 있기 때문이다. 반면, 그런 꿈은 병든 이들에게는 죽음을 고하는 흉몽이 된다.

예견적인 꿈에 대한 아리스토텔레스의 부정적인 판단에서 볼 수 있듯이, 합리주의의 효시가 된 그리스 사회에서는 꿈의 존재론적인 위치에 대해 대체로 회의적인 태도가 태동하고 있었음에도 꿈에 대한 일반 대중의 관심은 여전했다. 수많은 부류의 꿈 해석가, 점성가들이 아르테미도로스의 견해를 이어받아, 각자의 취향과 재주로 체계를 세워나갔다. 문화적인 현상들은 단지 그것이 효용 가치를 지닐 때에 한해서만 존재할 수 있듯이, 아르테미도로스와 그 추종자들이 각광받을 수 있었던 것은 그들이 대중의 욕구를 대변해주었기 때문이라 할 수 있다.

성서적 전통

역사책과 《구약성서》의 〈모세 5경〉에 기록되어 있는 대로, 이스라엘의 역사는 하느님(야훼)의 일대기이며, 유대인의 임무는 신이 계시한 율법에 따라 신의 뜻을 충실히 이행하는 것이었다. 율법의 내용은 선지자들의 꿈과 환영을 통해 보충되기도 했다. "만약 너희 가운데 한 사람의 선지자가 있다면, 나 야훼는 환영으로써 그에게 내 모습을 보여줄 것이다. 나는 꿈을 통해 그에게 계시할 것이다." 신은 그 증거로 유대인들에게 신비하고도 역사적인 의미가 담긴 메시지를 보냈으며, 또한 야곱에게는 직접 증거해주었다.

야곱은 꿈에 땅 위에 사다리가 세워져 있는 것을 보았다. 그 위에 신이 서서 야곱에게 다음과 같이 말씀하셨다. "나는 주이며, 네 아버지 아브라함의 신이며, 이삭의 신이다. 네가 밟고 서 있는 그 땅을 나는 너와 네 자손들에게 주겠노라."창세기 28:13 다시 말해, 꿈에 계시된 그의 메시지는 너무도 선명해서 요셉의 경우와 마찬가지로 그 의미가 직접 드러나 있다고 볼 수 있다. "내 꿈을 한번 들어보아요. 우리가 밭에서 곡식을 묶고 있는데, 제 곡식단이 벌떡 일어서지 않겠어요. 그러자 형님들의 곡식단이 그 주위에 몰려들어 제 곡식단을 향해 절을 하더군요." 그러자 요셉의 형들이 그에게 말했다. "그렇다면 네가 우리를 다스리겠다는 말이냐?"창세기 37:8

사실상 신성한 것이 신현神顯했는지를 알아보려면 그 의미가 아주 분명해야 하며, 그러한 이유로 오직 유대인들—그중에서도 특히 왕이나 선지자들—만이 그런 종류의 꿈을 꾸었던 것이다. 《구약성서》에 기록된 이교도들의 꿈은 그 뜻이 분명치 않고 언제나 상징적이었다. 예를 들어 요셉이 파라오의 꿈을 해석해주었던 것과 같이 신의 은총을 받은 유대인의 도움이 있어야만 해석이 가능했던 것이다. 그렇다고 해서 《구약성서》의 유대인들이 꿈을 꾼 방식이 오늘날 우리가 꿈을 꾸는 방식과 전혀 달랐던 것은 아니다. 유대인은 자기들의 역사가 신비스러운 의미를 갖고 있다고 생각했기 때문에 대부분의 평범한 꿈은 그들에게 관심거리가 될 수 없었다. 유대인은 아주 규모가 작은 부족 집단을 형성해서 살고 있었으며, 해몽이나 주술, 점성술 등의 전통을 유지하고 있는 강대국들에 둘러싸여 있었지만, 유독 그들만은 그런 것에 무관심했다. 바로 이 점이 엄격한 유일신 신앙과 함께 유대 민족의 특징을 이루고 또 그들을 결속하여 주었다.

정통 신학의 전통에 국한되지 않는 〈시편〉 및 〈예언서〉 등에는 "하느님은 비록 인간이 깨닫지 못한다 할지라도 이러한 방법으로 또는 저러한 방식으로 말씀하신다"고 쓰여 있다. "꿈에서든 밤의 환영에서든, 또 인간이 침상에서 졸며 잠에 곯아떨어졌을 때라도 신은 인간의 귀를 여신다." 욥기 33:12 영적인 성장은 깨어 있을 때보다도 오히려 꿈을 통해 더 활발하게 이루어진다. 잠을 자는 동안 우리는 우리 자신의 의지로부터 벗어나 있기 때문이다.

깨어 있는 상태에서 환상을 볼 수 없는 사람들은 꿈을 통해 좀 더 직접적으로 신과 교통할 수 있다. "주께서는 낮에 그의 인자함을 베푸시고 밤에는 그의 찬송이 나와 함께 계시기 때문이로다." 시편 42:8 이렇게 신과 교통하는 일이 매일 밤 일상적으로 일어날 수 있다는 점이 욥의 설명에 나타나 있다. "그들은 갖가지 고난으로 울부짖었다. 그들은 전능자의 도움을 갈구했으나, 아무런 응답이 없었다. 주님, 제가 밤마다 찬송드리는 저의 주님은 어디 계시옵니까?" 천국이 도래할 때까지 소수의 선택 받은 사람들은 꿈을 통해 하느님 말씀을 듣는다. "내가 만민에게 나의 영혼을 쏟아부으리니, 너의 아들과 딸들은 장래 일을 말할 것이며, 너희 늙은이들은 꿈을 꿀 것이고, 너희 젊은이들은 환상을 볼 것이라."^{요엘 2·28} 천국이 도래할 때까지 꿈은 신성한 가르침과 영감을 받아들이는 특별한 수단이 된다. "주께서 집을 세우지 않으시면 집을 짓는 자의 수고가 헛되고, 주께서 성을 지키지 아니하시면 파수꾼의 노고가 허사가 된다. 너희가 일찍 일어나고 늦게 누우며 수고의 빵을 먹음이 헛되도다. 왜냐하면 주께서는 그가 사랑하는 이들이 잠을 잘 때 말씀을 내리시기 때문이다."^{시편 127편}

《신약성서》에는 예수 수태 사실이 꿈을 통해 요셉에게 전해졌다고 되어 있다.^{마태복음 1:20} 그러나 그와 똑같은 사건이 마리아에게는 생시에 직접 나타났는 바, 이러한 영적인 지각의 수준들에 대해 《구약성서》에서 이미 규정하고 있다. 《구약성서》를 보면 신께서 꿈을 통해 선지자들에게 자신의 뜻을 전하기는 하겠지만, "나의 사랑하는 종 모세는 선지자가 아니니 그에게는 입으로 한층 분명하게 직접 얘기할 것이다"라고 되어 있다. 성서에서 언급하는 꿈은 기독교라는 구체적인 종교 전통에 맞도록 정형화된 것이지만, 그 근간을 이루고 있는 관념, 다시 말해서 평범한 사람들은 낮에 환상을 통해 접근하는 것보다는 꿈에 불가사의한 신에 더 가까이 접근할 수 있다는 생각은 이미 고대 세계로부터 널리 퍼져 있었다. 깨어 있을 때 신의 계시를 받는다는 것은 매우 어려운 일이며, 오직 천성적으로 그런 자질을 타고난 사람들에게나 가능한 일이다.

빌라도가 예수를 재판할 때 있었던 한 가지 일화에는 오래된 전통의 단편 하나가 기이하게 표출되고 있다. 빌라도의 일화를 기이하다고 말하는 이유는 성서에 나타나는 꿈들은 실현되기 마련이고 또 꿈을 꾼 사람은 대개 그 꿈을 신의 메시지로 생각하여 열심히 순종했었던 반면, 여기에서는 그렇지 않았기 때문이다. 빌라도가 막 판결을 내리려고 할 때 그의 부인이 빌라도에게 다음과 같은 전갈을 보냈다. "예수는 정직한 사람이며 아무런 죄가 없답니다. 저는 오늘 꿈에서 그 죄 없는 사람의 일로 많은 고통을 겪었답니다." ^{마태복음 27:19} 빌라도의 부인은 꿈을 통해 예수가 의로운 분이라는 것을 확신했으며, 꿈에서 본 것이 실재라고 생각했기 때문에 자기가 확신한 바를 남편에게 전달했다. 그러나 끝내 빌라도의 마음을 움직일 수 없어 예수는 십자가에 못 박히고 말았다.

이것은 아마도 콥트 교회에 남아 있는 전통처럼, 예수는 기적을 행한다거나, 환영을 일으키고 병을 고칠 수 있는 막강한 주술사와도 같은 존재라고 생각하는 기독교의 또 다른 전통 가운데 한 예라 할 수 있다. 니코데무스의 《외경》에서는, 부인이 빌라도에게 꿈 이야기를 전하자 족장들이 모여 그에게 말하기를 "우리가 그 사람을 마술사라고 말하지 않습디까? 그것 보시오, 그가 당신 부인에게 꿈을 꾸게 한 것이란 말이요"라고 주장했다고 한다. 여기에서는 꿈을 꾼다는 것이 사실이나 진실과는 정반대되는 요술 내지는 주술과 관련되고 있다. 그런데 빌라도는 어느 쪽이 '진정한' 사실인지 판단할 수 있는 입장에 있지 못했다. 그는 '뿔의 문'과 '상아의 문'을 구별할 수 없었고, 결정을 내리기도 어려워 그만 재판에서 손을 떼고 말았다.

성서에 기록된 꿈들은 그것을 꾼 당사자들에게는 엄청나게 놀라운 경험이었겠지만, 그것도 어디까지나 종교와 문화에서 충분히 일어날 수 있는 범주에 속하는 일이었다. 한편, 이와 함께 결코 간과해서는 안 될 사실이 또 한 가지 있다. 〈사도행전〉 10장 9절에 보면 베드로는 초월의 경지를 경험한 꿈에서 자기가 속한 문화의 울타리를 벗어나 사회와 종교에 혁신을 일으키도록 영감을 받았다고 한다. 꿈에 베드로는 하늘이 열리고, 무엇인가 커다란 포대기 같은 것이 내려오는 것을 보았다. 그 안에는 파충류 및 공중을 나는 새를 비롯한 모든 종류의 동물이 들어 있었다. 그때 어떤 소리가 들려왔다.

"베드로야, 일어나거라. 그리고 그들을 잡아먹어라." 그러나 베드로는 말했다. "아닙니다, 주여. 저는 깨끗지 못하고 천한 것들은 결코 먹지 않겠나이다." 그러자 또다시 음성이 들려왔다. "신이 너를 위해 깨끗이 해준 것들을 천한 것이라 하지 말라." 그 말은 세 차례나 들려왔다. 베드로가 잠에서 깨어 자신의 꿈을 해몽하려고 할 때 심부름꾼들이 와서 그에게 청하기를 예수의 복음을 이방인인 코르넬리우스에게도 가르쳐달라고 했다. 그 순간 베드로는 자신이 꾸었던 꿈의 의미를 깨달을 수 있었다. 그것은 유대의 오랜 율법을 무시하고 이방인에게까지 복음을 전해야 한다는 뜻이었다. 그는 "신이 어젯밤 내게 말씀하시기를 그 누구에게도 더럽다거나 천하다고 말해서는 안 된다고 하셨다"고 말했다.

회교의 전통

회교는 본래 예언자의 소명을 바탕으로 한 종교여서 회교인들의 정신생활에서는 처음부터 꿈이 대단히 중요한 역할을 해왔다. 마호메트가 꿈속에서 우주의 신비에 초대되었던 경험을 '라이라탈 미라주 Lailatal Miraj', 또는 '밤의 여행Night Journey'이라고 하는데, 마호메트는 이 위대한 꿈을 '사파safa'와 '메바Meeva'라는 두 언덕 사이에서 잠을 자다 꾸었다고 한다.

천사장 가브리엘이 은백색의 말, 엘 부라크^{El buraq}를 데리고 다가왔는데, 그 말의 상반신은 인간의 모습을 하고 있었다. 마호메트가 그 말을 타자 '눈 깜짝할 사이'에 세계의 중심인 예루살렘에 도착했다. 예루살렘에서 이 예언자는 아브라함과 모세 그리고 예수를 만나 이야기도 나누며 기도도 한 다음 여행을 계속했다. 그는 엘 부라크를 타고 가브리엘의 안내를 받아 일곱 하늘을 통과했고, 그 일곱 하늘은 각기 다른 색채로 물들어 있었는데 이들 서로 다른 하늘이 지닌 비밀스러운 의미는 7개의 서로 다른 존재의 차원과 연결된다. (물질, 초목, 동물, 인간 등의 차원과 평범한 인간 본성의 잠재적인 힘을 넘어서는 또 다른 세 개의 차원들을 말한다.) 그러고는 백광의 태양을 가로질러 마침내 신 앞에 나아갔다. 어떤 문헌에는 마호메트가 하늘 위 신 앞에까지 올라갔을 뿐만 아니라, 하계의 깊은 곳까지 내려가 인간의 모든 경험을 총망라했다고도 한다.

자바 섬의 어떤 밀교적인 회교도가 가르친 바에 따르면, 우주 내에서 인간의 위치는 인간적인 수준에 있어야 하는 것이라고 한다. 그러나 물질적인 객체에 압도당함으로써 — 오늘날의 수피^{Sufi}주의자들이 말하는 바와 같이 객체에 대한 자신의 욕구에 의해서가 아니라,

'사물'이라는 말로 표현되는 물질적인 힘에 의해 압도당함으로써—
인간은 현재 물질적인 수준에 머물러 있는 것이라고 한다.

회교도에서 구도자의 목적은 참된 인간의 의식을 획득하는 것이
며, 이를 위해서는 우선 식물의 수준을 파악해야 한다. 식물 수준의
의식에서 일어나는 일시적인 환상은 그 본질이 식물의 수준에 속하
는 약물을 복용함으로써 경험될 수도 있다고 한다. 그러나 학파에 따
라서는 이러한 환상은 보다 높은 상태에 이르기 위한 인간의 능력에
방해가 된다고 보기도 하고, 그렇지 않다고도 한다. 그 후에 자연스
럽게 찾아오는 꿈들은 위에서 언급했던 물질적인 수준의 단계를 일
시적으로 넘어설 수 있도록 도와주는 거룩한 은총의 한 형태로 이해
되기도 한다.

마호메트가 코란의 계시를 받기 한 달 전에 경험했던 부야 사디콰
Bu'ya Sadiqa 라고 하는 꿈들은 독특하고 눈부신 인상을 주는 형태로 나타
났다. 마호메트는 그 꿈들을 해석할 수도 없었을 뿐만 아니라 또 그
자신이 그러기를 원치도 않았다. 그래서 그 꿈의 경험은 코란에서 몇
몇 장의 초두에 신비 문자로 분절되어 쓰여 있을 뿐이다. (2장: A.L.M,
7장: A.L.M.S, 11장: A.L.R 등등.) 회교 전통에서는 문자와 숫자 사이에
수비학적 數秘學的 연관 관계가 있다고 생각해왔다. 그러나 코란을 해석
하는 사람들도 지금껏 이러한 관계에 대한 의미를 해독해내지 못하

고 있다. 엘−젤라다인[El-Jeladain]이라고 알려진 한 주석가는 다음과 같이 기록하고 있다. "이 문자들이 의미하는 바가 무엇인지는 오직 신만이 아신다."

마호메트 시대에는 잠잘 때의 꿈과 깨어 있을 때의 환상 사이에 아무런 구분이 없었다. 그렇기 때문에 낮에 환상을 보느냐, 아니면 밤에 꿈을 꾸느냐 하는 것은 그저 계시 받는 사람의 성품이나, 어떤 특수한 경우에 따라 달라지는 것으로 여겨졌다. 마호메트는 양쪽 모두의 상태에서 영적인 가르침을 얻었다. 훗날 분류 작업에 열의를 쏟은 중세 초기 아랍 학자들의 영향을 받은 정통 무슬림들, 다시 말해서 영적인 경험보다는 종교의 외적 형태에 보다 많은 관심을 기울이는 회교도들은 《구약성서》를 기준으로 해서 예언자 및 예언을 분류하고 평가하려는 경향이 있었다. "나비[Nabi]는 꿈을 통해 천사를 볼 수 있고, 그 메시지를 전해들을 수 있는 이는 단순한 예언자다. 그러나 나비 모르살[Nabi morsal]은 특정 집단의 예언자로서 깨어 있는 상태에서 천사를 만날 수 있다. 한편, 여섯 명의 위대한 예언자들(아담, 노아, 아브라함, 모세, 예수 그리고 마호메트)은 인류에게 새로운 법 샤리아트[Shariat]를 계시하는 환상가들이며, 완전히 깨어 있는 상태에서 신의 말씀을 천사를 통해 그대로 전달 받는다."

이와 같은 경험의 단계들을 이해하는 데에는 몇몇 신비주의자들의 말이 도움이 될 수 있을 것으로 보인다. 예를 들어 "인간의 마음은 낮보다도 밤에 더 자유롭다"는 아비세나 Avicenna(아라비아의 철학자, 980~1037)의 관찰이나, "보통 사람들의 경우 그들의 평범한 성품 때문에 꿈속에서만 경험할 수 있는 것을, 신비가들은 깨거나 잠이 들기 전에 경험할 수 있다"는 코브라 Kobra의 말이 그것이다. 물론 이러한 판단을 내리는 데 바탕이 된 관점들은 서로 다른 세계에 속한다. 분류 작업은 물질적인 학문의 세계에 속하고, 주석은 영적인 경험의 세계에서 이루어진다. 꿈속에서 영적이고 불가사의한 상태를 체험하는 영혼의 능력을 받아들이기 수월했던 밀교적 전통의 환상가들은 분류 작업에 대해서는 거의 관심을 기울이지 않았다. 15세기의 수피 운동가인 샴소딘 라히지 Shamsoddin Lahiji의 교본은 회교에서 이어진 위대한 영적인 꿈들의 예를 보여주고 있다.

나는 내 자신이 빛의 세계 속에 들어가 있는 것을 보았다. 산과 사막들이 빨강, 노랑, 하양, 파랑의 무지갯빛을 발했다. 그리고 갑자기 그것들에 대하여 깊은 향수를 체험했다. 미칠 것 같았다. 눈앞에 펼쳐진 격렬한 광경과 내 온몸을 가장 깊숙한 밑바닥까지 뒤흔들어놓는 전율 때문에 나는 내 자신으로부터 튕겨져나왔다. 순간

나는 검은 빛이 우주 전체를 감싸고 있음을 보게 되었다. 무수한 빛살이 내 몸속으로 파고 들어와 무서운 속도로 나의 심신을 위로 끌어올렸다. (일곱 하늘을 통과해서) 마침내 나는 하늘의 하늘에 다다랐다.

질도 차원도 없는 그곳에서 신성한 것이 현현해주는 빛이 내게로 비쳐왔다. 나는 도저히 뭐라 말할 수 없는 장엄한 신의 모습을 보았다. 그러는 사이에 나는 내 자신을 완전히 비우고 의식이 없는 상태가 되었다. 그런 다음 나는 현실 세계의 내 자신으로 돌아왔다. 그 신적인 존재는 다시 내게 나타났다. 그리하여 나는 다시 한 번 내 자신을 비우고 일상의 모든 한계를 뛰어넘었다. 그 모든 일이 일어나는 동안에는 마치 내가 더 이상 존재하지 않는 듯했지만 그런 다음 나는 다시 이 세상에 속한 나 자신으로 돌아왔다.

그러자 신적인 존재가 다시 나타났고, 나는 다시 한 번 존재하기를 멈추었다. 그러나 신에게서 나의 초월적인 존재를 발견했을 때 나는 그 절대의 빛이 바로 다름 아닌 나라는 것을 깨달았다. 우주를 가득 채우는 것이라면 무엇이든 간에 그것이 바로 나 자신이다. 나 이외의 다른 것은 없다. 영원한 존재, 우주의 창조자는 바로 나다. 모든 것은 바로 내안에서 존재한다.

헨리 코빈[Henry Cobin]이 주석을 붙인 것처럼, 여기서 라히지의 검은 빛은 존재의 진정한 비밀을 드러낸다. 왜냐하면 모든 존재는 두 개의 얼굴, 즉 빛의 얼굴과 어둠의 얼굴을 가지고 있기 때문이다. 라히지는 어둠을 찾으러 지옥으로 내려가지 않았다. 대부분의 사람은 이 점을 간파하지 못했다. 대부분의 사람이 결코 상상조차 할 수 없는 존재의 총체인 검은 빛을 찾기 위해 라히지는 천상으로 올라갔던 것이다. "인간 존재의 총체는 낮의 얼굴인 동시에 또 밤의 얼굴이기도 하다. 빛의 얼굴은 절대적 주체를 통해 인간의 비본질성이 본질로 바뀌어가는 모습이다." 라히지가 그렇게도 생생하게 묘사한 사건들이 존재론상으로는 과연 어떤 위치를 갖든 간에 그 경험이 라히지의 삶에 중대한 변화를 일으킨 것만은 사실이다.

회교 신비주의자들은 꿈과 환상을 통해 자신들이 영적으로 경험한 것이 실재임을 입증하기 위해 물질계와 지성계의 중간 이미지들이 현존하는 세계, 즉 알람 알 미트랄[alam al-mithral]을 연구했다. 그것에 관해 광범위한 글을 썼던 헨리 코빈은 다음과 같이 설명한다. "이미지의 세계를 인정한다고 해서 우리가 실재라고 부르기로 합의한 것으로부터 도피하는 것이라고 생각해서는 안 된다. 오히려 이미지들의 세계를 너무 경솔하게 무시해버리는 것이야말로 내적인 실재성으로부터의 도피라 할 수 있는 것이다.”

　우리는 적극적인 상상 활동이나 상상력의 풍부한 의식을 통해 이 세계로 들어갈 수 있다. 이러한 상상 활동을 단순한 공상으로 치부하는 것은 잘못이다. 이미지의 세계는 밑도 끝도 없는 망상이 아니다. 우리는 고도의 훈련과 구체적인 ‘상상’을 통해 그 세계에 도달할 수 있고, 그 세계에서 만나게 되는 형상이나 이미지들은 그 나름대로의 존재성을 지닌다. 이븐 아라비Ibn Arabi는 이러한 적극적인 상상력을 다음과 같이 묘사했다. “적극적인 상상력은 내 속에서 발전을 계속하여 마침내 천사장 가브리엘이 선지자의 눈에 육신으로 나타난 것처럼, 나의 신비스러운 님도 육신을 지닌 객관적, 초정신적 형상으로 눈앞에 드러내주기까지 한다.”

　이미지 세계의 광경이나 그 속에 있는 존재들은 하나의 실재로서 존재한다. 많은 사람이 그곳을 방문했으며 그들이 그 세계에서 경험한 것들은 대개 비슷하다. 아주 순수한 의도를 갖고 있으며, 정신적 수준이 충분한 단계까지 계발된 몽상가라면 얼마든지 이 세계를 경험할 수 있으며, 영적인 이해력을 배양함으로써 그 세계를 더욱 깊숙이 탐험할 수 있다. 이때 필요한 것은 그 같은 ‘상상력’의 기능이기 때문에, ‘창조’와 ‘탐구’ 간에 또는 ‘계발한다’는 것과 ‘동화한다’는 것 사이에는 아무런 구별이 있을 수 없다. 이미지의 세계는 꿈을 꾸는 사람이면 누구나 방문할 수 있는 꿈의 세계이며, 그 세계 속에서 사람들은 저들을 창조할 때와 똑같은 활동으로 인지 가능한 형식과 이미지들을 구별할 수 있다.

민속학적 전통

비문자의 사회에서 수집된 꿈에 관한 자료들은 충분한 연구가 이루어질 수 있는 만큼 풍부하다. 그러나 비문자 문화의 연구가 막 시작되던 초기에는 민속학자 및 인류학자들 가운데 아무도 자신들이 연구하고 있는 사람들의 세계관 내지는 형이상학을 이해하지 못했다. 아니 그들이 그러한 형이상학을 가지고 있을 것이라는 생각조차 품지 못했다. 학자 자신이 속한 사회에서는 철학, 신비주의 또는 신학 등으로 지칭하며 진지하게 다루어진 개념들이 민속학 문헌 속에서는 '원시적인 사유' 정도로 비하되어 처리되었다. 인류학의 창시자 가운데 한 사람인 에드워드 타일러Edward Tylor는 다음과 같이 기록하고 있다. "영혼에 대한 원시적인 이론에서 환상은 꿈과 마찬가지로 명백한 것으로 받아들여진다. 미개인 내지 야만인들은 대낮에 깨어 있는 상태에서도 주체와 객체, 상상과 실재 사이에 엄격한 구분을 두려고 들지 않는데, 그것을 구분하려는 태도 그 자체야말로 과학적인 교육의 결과다."

말레이시아 중앙 고원의 정글 속에 사는 세노이^{Senoi}라는 원주민은 일종의 복잡한 꿈의 심리학에 바탕해서 집단생활을 영위하는데, 그런 꿈의 심리학이 바로 공동체 결속의 원동력이 된다. 또한 이들은 융^{Carl G. Jung}이 '개체화^{individuation}'라고 표현한 것을 집단생활을 통해 매우 수준 높게 실현하고 있었다. 1935년 세노이 족과 함께 생활했던 킬턴 스튜어트^{K. Stewart}는 다음과 같이 기록하고 있다. "폭력적인 범죄, 무기를 동원한 싸움, 정신적 육체적인 질병 등이 없다는 사실은, 높은 수준의 심리적 안정 상태를 유지해나가면서 동시에 정서적인 성숙을 이룩해나가는 전통과 제도뿐만 아니라, 파괴적인 상호 관계보다는 창조적인 상호 관계를 적극 추진하는 사회 제도 및 분위기를 고려해야만 설명될 수 있다."

세노이 족은 사람이라면 누구나 각자 그 자신의 꿈에 들어 있는 영적인 세계를 관리해야 하는데, 이를 위해서는 자신의 영적인 세계에서 활동하는 존재나 힘에 도움을 청하고 또 받아야 한다고 믿는다. 그 세계의 존재들이나 힘은 실재이기 때문에 그들이 위협을 가해올 때에 꿈꾸는 사람은 그들에게 대항해서 싸워야 하며, 필요하다면 친구가 소유한 꿈의 이미지들로부터 도움을 요청해야 한다. 그러나 꿈속의 등장인물들은 꿈꾸는 사람이 그들을 두려워할 때에만 위험한 존재가 된다. 만약 꿈꾸는 사람이 꿈속에서 벌인 싸움에 이겼다면 이후로 싸움에 진 그 정령은 꿈이나 생시에 그 승리자를 도와주는 친구 또는 시종이 된다.

세노이 족은 집집마다 매일 아침 일어나면 전날 밤 꾸었던 꿈에 대해 온 가족이 모여 이야기를 나누고 서로 해몽해준다. 세노이 족의 어린이들은 평상시 깨어 있을 때 교육을 받는 것과 마찬가지로 꿈을 통해서도 교육을 받는다. 아이들이 아침에 일어나 어젯밤에는 높은 곳에서 떨어지는 꿈을 꾸었다고 이야기하면 어른들은 기뻐하며 대답한다. "그건 아주 훌륭하고 멋진 꿈이란다. 그래 어디로 떨어졌지? 거기서 무얼 보았니? 꿈을 꾸는 동안에는 편안히 즐겨야 한단다. 높은 곳에서 떨어진다는 것은 영적 세계의 온갖 힘들과 만날 수 있는 가장 빠른 방법이야. 다음에 또 추락하는 꿈을 꾸게 되면 재빨리 내가 말한 것을 기억하렴. 그러면 너는 너를 떨어지게 한 그 힘의 근원을 향해서 여행하고 있다는 것을 느낄 수 있을 게다."

즐거운 꿈을 꾼 사람은 그 꿈에서 본 아름다운 것이나 어떤 유용한 것이, 실생활에서 자기 집단에 영향을 미칠 수 있는 상황에 이를 때까지 의도적이고도 의식적으로 계속 꿈을 꾸고자 노력한다. 예를 들어 어떤 사람이 하늘을 날아다니는 꿈을 꾸게 되면, 그는 자신의 부족민에게 가져다줄 기술이나 노래를 가르쳐줄 사람을 만날 때까지 계속 날고자 한다. 꿈속에서 성행위를 할 때에는 쾌감의 절정에 이를 때까지 꾸고, 꿈속에서 만난 연인에게는 노래를 청한다. 그리고 꿈속에서는 생시 같으면 사랑의 표현을 해서는 안 되는 사람들, 예를 들어 오빠나 누이동생 같은 인물들에게도 거리낌 없이 사랑을 표현한다. 왜냐하면 그렇게 성적 대상으로 꿈에 등장하는 인물들은 실제로 오빠나 누이동생이 아니라 그런 모습으로 위장하고 나타난 영적인 존재들이기 때문이다. 꿈속에서 싸움을 벌이는 경우에도 이와 마찬가지다. 만약 세노이 부족을 위협하는 인물이 꿈에 친구의 형상을 하고 나타난다면 그것은 진짜 친구가 아니라 그런 모습으로 위장한 꿈의 인물일 따름이다.

아침에 일어나 가족끼리 모여 각자 자기가 꾼 꿈에 대해 의견을 교환한 후, 세노이 족의 남자들은 할락^{halak}이라고 해서 일종의 샤먼이 주재하는 회의에 참석한다. 그곳에서 모든 꿈을 논의하거나 해석하며 채집된 노래나 무용 등을 설명하고 또 재연하기도 한다. 샤먼이 되거나 숙련자가 되고 '지식'을 갖는 것은 모든 세노이 남자들이 추구하는 목표이며, 할락이라는 것도 공식적인 지위라기보다는 잠재적으로 누구라도 성취할 수 있는 영적인 단계를 의미한다.

세노이 부족민의 꿈 이론에서는 영적인 신체^{spiritual body}가 실존한다고 묘사하고 있는데, 영적인 신체는 우리의 생명을 부지하고 있는 으뜸가는 심혼心魂, heart soul, Sengin과 네 개의 부차적인 영혼으로 이루어져 있다. 네 개의 부차적인 영혼들은 다음과 같다. '예르그jerg', 간장에 자리하고 있으나 시공간으로 투사될 수도 있다. '히눔hinum(숨)', 이것은 우리가 말을 할 때나 표정을 지을 때 육체를 떠날 수 있다. '루아이ruai(머리)', 이것은 잠자는 동안 몸을 떠날 수 있다. '켄록kenlok', 눈에 자리하고 있으며, 감각과 일상적인 지식을 관장한다. 샤면이 되려면 루아이 및 적어도 또 다른 하나의 영혼이 몸을 떠나게 할 수 있는 능력을 갖추어야 한다. 가장 높은 수준의 할락이 되려면―죽음에 처했을 때 몸을 떠나는 센진Sengin을 제외한―그의 모든 영혼이 몸 밖으로 나올 수 있어야 하며, 또 꿈의 세계에서 루아이와 합쳐질 수 있어야 한다. 이러한 여러 가지 영혼은 어느 한 개인을 중심으로 해서 활동하는 데 그치지 않고, 관념이나 꿈, 말 등을 통해 투사되어 서로 멀리 떨어져 있는 사람이나 사물과도 상호 작용을 한다.

미국의 인디언 부족 가운데 뉴욕 주에 있는 5부족 연맹의 이로쿼이Iroquois 족과 콜로라도의 마리코파Maricopa 족, 이 두 부족은 문화 자체가 본질적으로 꿈과 관련되어 있다. 타일러의 반론에도 이로쿼이 부족이 꿈과 현실을 구분할 줄 안다는 데는 의문의 여지가 없다. 그러나 그들은 꿈이라는 것이 우리가 생각하는 것보다 훨씬 더 실제적으로 존재하는 것이라고 생각한다. 17세기의 프랑스 예수회 선교사였던 페르 프레멩^{Pere Fremin}은 다음과 같이 보고했다.

그들은 오직 하나의 신만을 갖고 있는데, 꿈이 바로 그 신에 해당한다. 그들은 꿈에 절대적으로 복종하며, 꿈이 부여한 질서에 매우 성실하게 따른다. 꿈속에서 행했던 것이 무엇이든 간에 잠에서 깨어난 즉시 그것을 실행해야 한다는 것을 절대적으로 믿고 있다. 다른 부족들은 중요하다 싶은 꿈에만 관심을 기울여 관찰하는 정도에 그친다. 그러나 이 부족 사람들은 다른 이웃 부족들보다도 더욱 종교적인 삶을 영위해나가는 것으로 알려져 있는데, 모든 꿈을 낱낱이 알지 못했을 경우에는 아주 커다란 죄를 지은 것처럼 죄책감을 느낀다고 한다. 그들은 마치 꿈 이외의 다른 일에 대해서는 아무런 관심도 없는 것처럼 보이며, 삶 전체가 온통 꿈으로 채워진다고 여기는 듯하다. 이로쿼이 부족은 꿈이 영혼의 언어이며, 영혼은 꿈을 수단으로 하여 그 욕구를 표출한다고 믿고 있다. 프로이트가 믿었던 바와 아주 흡사하게 그들도 꿈은 일종의 욕구 충족일 뿐 아니라 꿈에서는 그 욕구들이 대개 꿈 특유의 언어로 위장되어 표출된다고 믿었다.

현실 세계의 실재성보다는 꿈을 더 강조하는 이로쿼이 부족의 태도는 서구 합리주의—깨어 있는 상태가 보다 실재적인 것이라고 여기며, 꿈이라는 것은 다만 깨어 있을 때의 이미지들이 의식 속에서 뒤섞여 나타나는 것일 뿐으로 실재가 아닌 상태라고 여기는—를 완전히 뒤집어놓은 셈이라 할 수 있다. 그러나 이러한 두 입장은 너무 극단적이어서 전체를 보는 눈을 갖지 못했다고 할 수 있다.

수 족의 정신적 지도자였던 스모할라Smohalla처럼 네즈 페르세Nez Perce 인디언도 다음과 같이 백인들의 직업 윤리를 강력히 반박했다. "우리의 젊은이들은 결코 일을 해서는 안 된다. 일을 하는 사람은 꿈을 꿀 수가 없다. 지혜는 꿈을 통해서만 얻을 수 있다." 또 마리코파Maricopa 인디언 역시 "인생의 성공이란 신령에 달려 있고, 신령에게는 꿈을 통해 접근할 수 있다"고 보았다. 로스트 스타Lost star는 "성공하거나 부자가 된 사람들은 모두 모종의 꿈을 꾼 것임에 틀림없다. 부자가 되는 것은 그 자신이 훌륭한 일꾼이기 때문이 아니라, 어떤 유형의 꿈을 꾸었기 때문이다"고 말했다. 꿈을 꿀 때 그 사람의 영혼은 어떤 (주술적인) 노래나 병의 치유 방법을 게시해줄 신령을 찾기 위해 몸 밖으로 나간다고 한다.

원칙적으로는 모든 마리코파 인디언들이 이러한 이야기에 동의를 하지만, 주술의 노래라든가 치유 방법에 대한 가르침을 얻기 위해 실제로 꿈 여행을 떠나는 사람은 많지 않다. 지식을 구하는 길은 어렵고도 험난한 길이며, 그렇기 때문에 모두가 그런 여행에 대한 열정을 실천에 옮길 수는 없는 것이다. 그 과정은 또한 기나긴 세월을 요한다. 길게는 수년에 걸쳐 꿈을 꾸어야 비로소 수호신이나 지식을 주는 신령 등으로부터 구하고자 하는 정보를 얻게 되기도 한다. 그러한 가르침을 받는 동안에는 다른 사람들에게 자신의 꿈에 대해 절대로 이야기해서는 안 되며, 또 꿈속에서 얻는 어떤 정보도 누설해서는 안 된다. 충분히 이해하기도 전에 성급하게 수다를 떨어버리면 수호령이 화가 나서 그 사람을 버리기 때문이다.

레슬리 스피어 Leslie Spier 는 그의 정보 제공자에게서 들은 파파고 풋 Papago foot 의 이야기를 다음과 같이 들려주고 있다.

코후아나 Kohuana 부족의 파파고 풋은 템페 Tempe 가까이 외딴 산속에 있는 동굴로 들어갔다. 거기에 누워 갈대 하나를 뽑아 담배처럼 피워 물고 곧 잠에 곯아떨어졌다. 그저 그렇게 하고 싶었다. 지금껏 살아온 것처럼 살기보다는 차라리 죽는 편이 더 낫다고 생각했기 때문이다. 게다가 운이 좋으면 샤먼이 될 수도 있을 테고 말이다. 그러고는 꿈에서 누군지 모를 한 사람을 만났다. 그 사람은 그에게 다가와서는 도와주겠노라고 했다. 그는 신령이었다. 신령은 그 외딴 산에서부터 거미줄을 엮어 템페의 산에까지 얽어맸다. 그런 다음 그 거미줄을 샌 프란시스코 산줄기의 네 봉우리에 차례로 연결한 다음 마지막으로 니들스^{Needles}에 엮어맸다. 그는 그 거미줄을 따라 여행을 하면서 여러 신을 만났고, 각 신을 만날 때마다 병을 고치는 여러 가지 방법을 배 웠다. 그러나 그는 자신이 그런 비밀스러운 지식을 배우고 있다는 얘 기를 다른 사람들에게 떠벌렸고 그때문에 신령은 다음과 같이 말하 고 그를 떠나버렸다. "너는 지금 우리의 전체 여정 가운데 절반가량 을 마쳤다. 원래 나는 네게 모든 것을 가르쳐주려고 했지만 네가 너 무 수다스럽기 때문에 처음 내가 작정했던 것 가운데 반만을 가르쳐 주겠노라. 지금까지 배운 것만을 네 지식으로 삼아라." 그렇게 해서 파파고 풋은 창자의 뒤틀림만을 치료할 줄 알게 되었고, 다른 사람들 은 그를 수다쟁이라고 놀려댔다고 한다.

인도인의 전통

인도에서는 꿈을 두 가지 시각에서 이해하고 있다. 하나는 《우파 니샤드^{Upanisad}》(고대 인도의 철학서)에 나타난 종교철학적이며 형이상학적인 시각이고, 또 다른 하나는 요가의 영적이고 경험적인 시각이다. 이 두 이해 방식이 서로 혼합되어 또 다른 많은 복합적인 시각들을 창출 해내기도 했다. 수 세기 동안 꿈이란 계층적 구조를 지닌 영적이며 심리적인 우주의 한 부분으로 이해되어왔고, 또 꿈을 통해 우리가 실재라고 부르는 것의 허구성을 경험하고 인식하며, 더 나아가 초월할 수도 있다는 의미에서 잠재의식의 영역으로도 이해되어왔다.

몇 가지 신비스러운 인도 전통을 서술하고 있는 《만두캬 우파니샤드Mandukya Upanisad》에서는 기본이 되는 만트라(주문) 아움AUM 또는 OM—이 것은 우주 최초의 소리이며, 최고의 차크라Chakra와 결합된 만트라다—은 의식의 이체 동형적homologous 수준을 이해하기 위한 모델이되고 있다. A.U.M.이라는 각각의 문자와 그것의 총체성을 표현하는 옴OM이란 말은 의식의 네 가지 상태, 즉 보편적인 정신 및 영혼인 브라만의 네 구역과 자아 내지는 아트만의 네 구역 가운데 하나를 표현하는 것이다.

'바이스바나라Vaisvanara', 즉 깨어 있는 상태는 우리의 인식력이 외부로 향해 있을 때를 말한다. 19개의 근根을 지녔으며, 모든 사람에게 공통적인 조야한 것을 즐기는 상태다. A라는 음이 이에 해당되며, 일상의 실재를 가리키는 첫 번째 구역이다. '타이자사Taijasa', 즉 꿈의 상태는 우리의 인식력이 내부로 향했을 때를 말한다. 19개의 근根을 갖고 있으며, 절묘함 즉 찬연히 빛나는 것을 즐기는 두 번째 구역이다. U음이 이에 해당되며, 꿈의 상태로 개인의 정서적인 삶의 실재다. 만약 잠자는 사람이 아무런 욕망도 갖고 있지 않다면 그는 아무런 꿈도 꾸지 않는다. 즉, 깊이 잠이 들 것이다. 깊은 잠에 든 상태는 완전히 평화를 이룬 지복의 상태로서 그의 입에서는 사색적이고 인식적인 말이 흘러나온다. 이 구역을 '프라냐Prajna, 船若'라고 부르며, 세 번째 구역을 나타낸 M음이 이에 해당되고, 분화되지 않은 단일체의 의식을 말한다. 네 번째 구역은 우리의 인식력이 내적으로도 외적으로도 향하고 있지 않은 상태이며, 또 두 가지 인식력을 모두 지닌 복합적인 상태도 아니며, 인식의 집합체도 아니고, 인식적이지도 않고, 비인식적인 것도 아니며, 보이지도 않는다. 그리하여 이러저러하게 취급할 수도 없고, 뚜렷한 징표도 지니고 있지 않아 파악할 수도 없다. 성장이 없으며, 평화롭고 자비로우며, 둘도 없는 그런 상태를 의미한다. 이 상태를 '투리야Turiya'라고 부르며, 의식적인 보편적 정신인 옴이 이에 해당된다. (이 소리는 태초에 있었던 것이다.)

 《우파니샤드》의 중심 사상은 개체의 영혼인 아트만과 우주의 영혼인 브라만이 본질적으로 하나라는 것이다. 다시 말해, 참된 지식을 통해 개체는 신의 경지에 이를 수가 있다는 것이다. 이 《우파니샤드》 사상에 명상과 수행의 요가 기술과 좀 더 후대에 들어와서는 불교의 신비주의 요가 및 심층 심리 요가가 추가되었다. 생의 목적, 다시 말해 개인의 일차적인 의무는 신의 자유와 불멸성을 깨닫는 것이다. 그것은 우주의 허상, 곧 마야maya, 迷忘를 깨달음으로써 가능한 것이며, 초기《우파니샤드》에서와 같이 철학적으로서가 아니라 실생활에서 경험적으로 깨달아야 한다.

라마 고빈다Lama Govinda도 지적했듯이, 《만두캬The Mandukya》는 아직까지도 티베트 신비주의에서 엄격한 심리적인 도구로 이용되고 있는 문헌으로, 꿈의 상태는 깨달음을 얻기 위해 통과해야만 하는 두 번째 단계로 언급되고 있다. "바이스바나라Vaisvanara라고 하는 일상적인 실제와 마찬가지로 타이자사Taijasa라고 하는 꿈의 상태도 19개의 근을 가진다"고 이야기되고 있는데, 인도의 철학자 샹카라Sankara는 어떤 주석에서 그 19개의 근을 다섯 가지 감각(청각·촉각·시각·후각·미각), 다섯 가지 활동 기관(입·손·발·배설 기관·생식 기관), 다섯 가지 생기breaths 그리고 감각 중추manas · 지혜buddhi · 자만ahamkara 그리고 사유citta로 설명했다. 우리는 깨어 있을 때나 꿈꿀 때나 늘 이들 19개 근의 허상을 경험한다.

인도 전통에서는 이런 식으로 일상생활의 '실재'에 상응하는 '실재성'을 꿈에도 부여하고 있다. 그러나 한편으로 양쪽 모두 결국에는 망상에 속한다고 규정함으로써 꿈이 '실재'라고 하는 주장의 역설을 충분히 인정하고 있었던 셈이다. 그런데 꿈이 허상이라는 점을 이해하기는 훨씬 더 어려운 일인 듯하다. 그것은 우리가 흔히 꿈의 비물질성을 피상적으로만 생각하여 곧바로 망상이라 이를 뿐 꿈의 비물질성이야말로 우리가 좀 더 진지하게 '꿰뚫어봐야 할' 또 다른 허상이라는 점을 깨닫기가 힘들기 때문이다,

'투리야'에 이르기까지 거쳐야 할 의식의 세 예비 단계들—깨어 있을 때, 꿈을 꿀 때, 꿈을 꾸지 않고 잠을 잘 때—을 하나하나 꿰뚫고 지나가기 위해서는 어떠한 의식의 단절도 없이 완전히 맑은 정신으로 임해야만 한다. 그렇게 단절 없이 줄곧 깨어 있기 위한 특별한 기술이 바로 '프라나야마Pranayama', 곧 호흡 조절이다. 다시 말해서 이 기술은 '아옴'을 머릿속으로 반복함으로써 '푸락카Puraka(들이쉬는 숨)', '렉카카Recaka(내쉬는 숨)' 그리고 '쿰바카Kumbbake(허파 속에 공기를 보유하기)'를 조절하여 이들 셋을 똑같은 간격으로 반복함을 말한다. 요가 수행자는 잠의 리듬을 탈 때까지 점차적으로 서서히 호흡을 함으로써 조금도 의식을 흩뜨리지 않고 꿈의 상태를 명쾌하게 뚫어보는 것이다.

12세기 티베트 불교의 카르굽타Kargyupta파의 창시자 가운데 한 사람인 밀라레파Milarepa의 사례는 맑은 정신을 지닌 채 꿈을 꾼다는 것이 얼마나 어렵고 또 보람된 일인가를 보여준다. 밀라레파의 전기를 쓴 레충Rechung은 다음과 같이 기록하고 있다.

밀라레파가 스승인 마르파^{Marpa} 밑에서 8년간의 학습과 훈련을 마쳤을 때 자신의 고향집이 황폐해 있는 꿈을 꾸었다. 그래서 그는 떠날 차비를 했다. "나의 선생님께서는 만달라 그림을 준비하셨다. 그런 다음 그는 내게 맨 마지막 관문을 통과하는 의례를 베풀어주셨다. 스승은 꿈이 상징하는 신비스러운 것들과 힌두교 경전에 담긴 비밀스러운 지식들^{Tantras}을 제자의 귓가에 속삭여주셨다. 그러나 고난과 순례의 기간을 끝낸 후에도 밀라레파는 마르파가 준 6강령^{Six Doctrines} 가운데 첫 단계에조차도 이를 수가 없었다.

초스-드럭^{Chos-drug}이라고도 하는 이 6강령은 지식에 이르는 여섯 단계를 기록해놓은 티베트의 요가 문헌이다. 즉 ①생명의 온기^{vital warmth}: 영적 발전을 꾀할 때 필요한 추진력, ②망상의 신체: 요가 수행자가 자신의 몸은 물론 모든 객체가 본질적으로 망상이라고 하는 사실을 깨닫는 단계, ③꿈: 꿈조차 망상이니 깨어 있을 때는 물론 꿈속에서 겪는 일상생활의 경험 역시 망상이라는 것을 깨닫는 단계, ④밝은 빛, ⑤바르도^{Bardo}: 가사 상태, ⑥초월.

생명의 온기조차 만들어낼 수 없었던 밀라레파는 드락카 타소^{Dragkar-Taso} 동굴에서 겨우 생명을 유지할 정도로만 먹으면서 홀로 명상하고 정화 의식을 치르며 8년의 세월을 보냈다. 그러다가 은둔해서 수행하던 8년간의 세월의 막바지에 가서야 비로소 6개의 강령 가운데 세 번째 단계에까지 도달할 수 있었다. "꿈속에서 나는 메루산 꼭대기로부터 맨 아래까지 자유자재로 오르락내리락했다. 그러는 동안 나는 모든 것을 선명하게 보았다. 꿈속에서 나는 내 자신을 수백 개의 인격체로 불려나갈 수 있었고, 그들 각각에 내 자신과 똑같은 힘을 부여할 수 있었다. 내 분신들은 각각 공간을 가로질러 극락세계로 가서는 그곳에서 가르침을 듣고 와서 몇몇 사람에게 달마^{Dharma, 法}를 가르쳤다. 또한 나는 내 육신을 타오르는 불덩어리나 광활하게 흐르는 물, 또는 고요한 망망대해로 변형시킬 수도 있었다. 비록 꿈속에서였으나 내가 무한하고 비범한 능력을 가졌다는 것을 생각하면 나는 너무나 행복하고 용기백배했다."

꿈의 교리를 깨달은 요가 수행자(요기)는 꿈의 상태를 뚫어보게 되며, 따라서 타이자사 영역에서 적극적이며 창조적으로 행동하게 된다. 또 망상을 파악하게 되고 실재의(현실의) 문제를 해결할 수 있게 된다. 그는 잠이 들 때 모든 것을 포함하는 이 세계의 물질^{material}을 지니고 간다. 그 자신을 찢어발기기도 하고 또 그것을 다시 온전하게 짜맞추기도 한다. 그리고 자신이 발하는 자신의 빛 속에서 꿈을 꾼다. 그때 그는 자기 계발된다. 수레도 없으며, 다리도 없고, 길도 없지만, 수레를 투사하고 다리를 투사하고 길을 투사한다. 저수통도 없으며, 연못도 없고, 시냇물도 없지만, 저수통을 투사하고, 연못을 투사하며 시냇물을 투사한다. 그 자신이 창조주인 신이기에!

정신분석학적 전통

지그문트 프로이트가 1899년 그의 기념비적인 저서 《꿈의 해석》을 출간하기 전에 유럽에서는 알프레드 머레이**Alfred Maury**와 같은 사람이 독자적으로 꿈에 대해 연구하고 있었다. 머레이는 육체의 감각 인상이 꿈에 미치는 효과를 실험했는데, 그 가운데 하나로 침대 난간이 그의 목에 떨어지자 단두대에서 목이 잘리는 꿈을 꾸게 되었다는 일화는 익히 알려진 이야기다. 또한 허비 드 생 데니스**Hervey de saint Denis**는 20여 년에 걸쳐 의식 상태에서 꿈을 조절함으로써 꿈의 허상을 정복하려고 했다.

그러나 당시 의학계에서는 꿈에 대해 전혀 관심을 쏟지 않았다. 일반적으로 꿈을 의미 없는 환각 정도로 여겼기 때문이다. 이러한 의학계의 분위기를 바꾸어놓은 사람이 바로 프로이트였다. 그는 자신의 꿈을 세밀히 연구한 끝에 "꿈이란 꿈을 꾼 당사자가 자신의 유아적인 성적 욕구를 교묘히 위장해서 충족시키는 것"이라는 꿈 이론을 전개했다. 그러나 꿈의 대부분이 반드시 성과 관계 있는 것은 아니지 않느냐는 의문에 대해 그는 우리가 기억하는 꿈은 이미 마음에서 검

열을 거쳐 여과된 상태에서 나타난 것이며, 그렇게 기억에 떠오르는 꿈 뒤에는 그것과 닮은 구석이라곤 보이지 않는 '잠재적인' 꿈이 있다는 것이다. 프로이트는 실제로 나타나는 꿈은 위장될 필요가 있으며, 그래야만 깨어났을 때 진짜 꿈의 내용에 충격 받지 않게 된다고 주장했다.

프로이트는 잠재적인 꿈이 위장되는 방식을 '압축Condensation', '치환Displacement', '이차적인 변형Secondary revision' 그리고 '상징Symbol' 등 네 가지로 분류하고, 이들 네 과정을 '꿈의 작업'이라고 불렀다. '압축'이란 잠재적인 꿈의 몇 가지 개념이 꿈으로 나타날 때 단 하나의 이미지로 압축되는 심리 과정을 말한다. 예를 들면 아버지와 고용주와 분석가의 이미지가 하나로 함축되어 나타날 수도 있는 것이다. '치환'이라는 것은 꿈꾸는 사람의 관심을 실재하는 대상으로부터 돌려놓기 위해 어느 한 상황에 연결된 감정을 전혀 다른 상황에 끌어다붙이는 심리 과정이다. '이차적인 변형'이란 꿈을 기억해내는 과정에서 꿈에 의미를 부여하기 위해 무의식적으로 본래의 꿈을 변형시키는 심리 과정을 말한다. 프로이트도 "성적인 것 이외의 다른 욕구를 만족시키는 꿈도 무수히 많다"는 것을 지적하고 있기는 하지만, 그가 관심을 둔 것은 주로 생식 기관과 성행위가 꿈에서 상직적으로 나타나는 양상이었다. 그는 자기가 치료하는 환자의 꿈을 사례별로 연구함으로써 칼, 바나나, 나무, 빛, 청탑의 이미지 속에서 남성 생식기의 상징을, 그리고 구멍, 문 등의 이미지 속에서는 여성 생식기의 상징을 발견해냈다.

꿈 연구에 대한 프로이트의 공헌은 주변의 지극히 사소한 사실들로부터 문제를 끌어내어 그것을 서구인들의 의식 한가운데로 끌어올렸다는 데 있다. 그 당시의 의식 풍토를 감안하건대, 그가 그렇게 할 수 있었던 것은 아주 특이하다고 할 만한 사실이다. 꿈을 통해 노이로제에 접근한 시도도 당시에는 매우 혁신적인 것이었으며, 그로 인해 음난하고 천박하며 비학문적이라고 외면당하기도 했다. 프로이트에 의하면, 융C. G. Jung조차도 수년 동안 자기가 시도한 일의 중요성을 인식하지 못했노라고 고백할 정도였다. 프로이트는 20세기 사람들에게 꿈을 탐구하도록 자극했다. 앙드레 브르통A. Breton(프랑스의 시인, 1896~1966)은 그에게 다음과 같은 찬사를 보냈다.

우리는 문명과 진보라는 이름하에 미신이라든가 환상이라 이름 붙여진(옳게 붙여졌든 아니든 간에) 모든 것을 우리 마음으로부터 추방해왔고, 용인된 관례에 부합되지 않는 진리를 탐구하는 것은 무엇이라도 금지해왔다. 우리가 그렇게 더 이상 아무런 관심도 없는 척해왔던, 우리의 정신세계 가운데 일부가 다시 빛을 보게 되었다는 것은 순전히 지그문트 프로이트에게 감사해야 할 것이다. 이제 사람들은 그의 이러한 발견들을 기초로 해서 인간에 관한 더 깊이 있는 연구를 진행시켜나갈 수 있을 것이다.

프로이트가 꿈 그 자체를 정신 활동의 왜곡된 형태로 보고, 그것을 통해 환자의 노이로제 증세에 접근했던 반면, 융은 꿈을 무의식의 정상적이고도 자발적이며 창조적인 표현으로 보았다. 융은 브르통이 기다리고 기다렸던 인간 탐구가였다. 그는 프로이트보다 나이는 좀 어렸지만 가장 가까운 동료였고, 프로이트는 그를 자신의 '유력한 후계자'로 여겼다. 그러나 1914년 융은 프로이트의 이론 내지 전체적인 접근 방식에 대해 이의를 제기하고 그로부터 독립해 무의식의 과정과 꿈의 역할에 대해서 자신의 독자적인 견해를 정립해나갔다.

융은 프로이트의 꿈 이론 가운데 압축이나 상징화 같은 몇 가지 기본적인 원리를 거부했다. "우리는 꿈이 우리를 나쁜 길로 인도하는 교활한 장치라고 생각할 이유가 하나도 없다." 베인스H. G. Baynes는 프로이트의 위장 이론을 간략히 묘사하면서, 그 이론은 마치 파리를 처음 방문한 어떤 영국 사람이 파리지앵들이 자신을 바보로 만들기 위해 우스꽝스러운 이야기를 주고받고 있다고 추측하는 경우와도 같다고 했다. 또한 융은 프로이트가 강조하는 욕구 충족설도 믿지 않았다. 그는 프로이트가 무의식의 성적인 측면을 너무 과대평가하고 있다고 생각했다.

프로이트가 자신의 성 이론에 감정적으로 대단히 깊숙이 빠져 있다는 사실에는 의심의 여지가 없다. 그는 이 부분에 대해 말할 때 목에 힘까지 주어가며 고압적인 태도를 취하곤 했다. 나는 그에게서 성性이란 일종의 외경심을 불러일으키는 것이라는 인상을 강하게 받았다. 나는 아직까지 프로이트가 내게 했던 말을 생생하게 기억한다. "여보게, 자네는 결코 성 이론을 포기하지 않겠다고 약속해주게나. 그것은 이 세상에서 가장 중요한 것일세. 우리는 그 이론에 대한 강령, 다시 말해 그 이론을 보호할 방벽을 튼튼하게 쌓아야 하네." 나는 약간 놀라서 그에게 물었다. "방벽이라니요? 무엇을 막을 방벽이란 말씀인가요?" 이 질문에 그가 "진흙탕 물의 소용돌이를 막는……" 하고 말하다가 잠시 머뭇거리고 나서는 "신비주의의 침입을 막을 방벽이라네" 하고 대답하는 것이었다.

그러나 융은 무엇보다도 프로이트 이론의 환원주의reductionism를 받아들일 수가 없었다. 프로이트는 어느 한 부류에 속하는 상징들이 있을 때 그 상징들 개개의 개별적인 속성이 어떻든 관계없이 하나의 개념으로 환원시켜버렸는데, 융은 그러한 방법으로는 개별적인 상징들이 갖는 고유성을 외면하게 된다고 하면서 대신에 '확충 방법擴充方法, a method of amplification'을 제시했다. 확충 방법이란 신화 및 민속 자료에서 연관성 있는 요소들을 뽑아 꿈에 나타난 독특한 이미지의 의미를 차츰 풍부하게 넓혀나가는 방법을 말한다.

융 분석가인 준 싱어June Singer가 말한 바와 같이 융은 개방적인 접근을 시도했기 때문에 '신비'의 영역으로 들어가서도 말로 표현할 수 없는 경험을 억지로 구체화시키지 않으면서 자유롭게 자신의 통찰력을 발휘할 수 있었다. 자신의 꿈과 환자의 꿈속에서 그는 어떤 원형原型, Archetype들을 발견해냈으며, 그것을 다음과 같이 묘사했다.

원형이란 우리의 정신 속에 들어 있는 신성한 구조적 요소로, 정신은 자체에 가장 잘 부합되는 내용을 의식으로부터 끄집어낼 수 있는 일종의 자율성과 독특한 에너지를 갖고 있다. 그러나 원형이란 세습된 관념의 문제와는 분명히 다르다. 그보다는 모든 인간에게 공통적인 동일한 정신적 구조들, 즉 비슷한 이미지들을 떠올리도록 하는 타고난 성향의 문제라고 할 수 있다. 후에 나는 이것을 집단적인 무의식의 원형들이라고 부르기로 했다. 물론 원형이 이미지를 구체화시킬 때에는 밖으로부터 받아들이는 인상에 힘입는 바가 크기는 하지만, 그렇다고 해서 이들 원형이 외적이고 비정신적인 것을 표상하고 있는 것은 아니다. 오히려 원형은 그것이 취하는 외형과는 별도로 존재하며, 심지어 어떤 때에는 그 원형과 정반대로 대립하여 비개체적인 정신의 생명과 진수를 표상한다.

이것은 프로이트의 분석 체계로는, 기껏해야 한 개인의 억압된 감정들을 카타르시스를 통해 해방시켜줌으로써 바로 잡힌 것이라 할 수 있는 현재를 제시해주고, 그리하여 전혀 부정적인 의미밖에 지니지 않은 신경증을 극복하게 해준다는 것이다. 그러나 이러한 방법은—과거의 질병을 제거한다는 의미에서—본질적으로 과거 지향적이다. 한편 융은 목적론적인 입장에서 심리 현상을 고찰했으며, 따라서 신경증에 대해서도 가치를 부여하여 좀 더 나아지려고 노력하는 정신생활의 일면이라고 주장했다. 그는 "모든 심리 현상은 어떤 의미에서든 각자 나름의 목적을 갖는다"고 했다. 특히 꿈은 개체화를 지향하는 추진력을 그 목적으로 한다. 즉, 자아의 발견을 목적으로 하는 것이다.

창조적인 꿈을 꾸는 사람

꿈을 꿀 때 우리는 가치 있는 어떤 것을 사회로 다시 가지고 오는 법을 배울 수도 있다. 창조적인 꿈을 꾸는 사람은 빈손으로 깨어나지 않는다. 여자든 남자든 꿈 세계의 탐험가로서 주술적인 노래나 춤, 치병 방법, 미래나 멀리 떨어진 곳에 관한 정보, 또는 참신하고 새로운 아이디어를 얻어 현실의 세계로 돌아온다. 그 노래의 가치는 그것이 지니는 효력에 따라 결정된다. 즉, 춤이 멋있고, 치병술이 제 기능을 발휘하며, 예언이 들어맞고 또한 그 텔레파시의 경험이 확실한 것으로 입증되며, 새로운 아이디어들이 그럴 듯하게 받아들여졌다면 모두 가치 있는 것이다.

독일의 화학자 케쿨레F. A. Kekule는 꿈에서 도움을 받았던 경험에 대해 이야기해주었다. "벽난로를 향해 의자를 돌린 나는 선잠에 빠지고 말았다. 그때 내 눈앞에 원자들이 스쳐 지나갔다. 마치 뱀처럼 꿈틀거리고 배배 꼬여 있었다. 그런데 잠깐, 저것이 무엇일까? 가만히 살펴보니 뱀 한 마리가 자신의 꼬리를 물고 바로 내 눈앞에서 보란듯이 빙그르 돌았다. 나는 벼락 맞은 사람처럼 벌떡 일어나 밤새도록 내가 세운 가설의 귀결들을 철저히 검토했다. 그로부터 나온 귀결이 바로 벤젠 구조의 공식이다. 여러분도 꿈에서 배우십시오."

그는 1980년 과학자 회의에서 이렇게 연설했다.

창조적인 꿈은 세계 어디서나 찾아볼 수 있다. 미르체아 엘리아데가 언급한 바와 같이, 피그미 족은 잠자는 중에 계시를 받는데, 이러한 예언자적인 천리안의 개념은 원시인에게서만 볼 수 있는 것이 아니라, 종교를 배척하는 현대 사회에 이르기까지 널리 퍼져 있어 꿈과 관련된 이른바 '비일상적인' 경험은 인류 보편의 것이라 할 수 있다.

성서에도 "여호와는 그 사랑하는 자에게는 그들이 잠잘 때에 주시노라"^{시편 127:2}는 구절이 있지 않은가? 꿈에서 얻는 게 노래이든, 아니면 앞을 예견하는 정보든 간에 가르침을 받는 행위야말로 창조적인 꿈의 핵심적인 특징이다. 창조적인 꿈이란 한편으로는 선견지명이나 정신 감응(텔레파시), 또는 꿈속에서 직접 또는 천리안과 같은 '비일상'적인 꿈의 경험을 가리킨다. 동시에 꿈을 통해서 또는 꿈속에서 직접 계시된 주술적인 노래나 춤, 아이디어 등을 가리키기도 한다. 현대인은 '일상'과 '비일상'을 구분하는데, 이것은 현대인이 일관성이 결여된 경험을 하고 있다는 사실을 의미한다. 왜냐하면 '비일상'이란 말은 아무런 유기적인 의미를 갖지 못하며, 부정을 통해서만 그 의미를 지니게 되기 때문이다. 즉, 현대인은 어떤 사건의 물질적인 인과관계를 하나하나 말소해서 결국에는 기이하고 있을 수 없는 일, 즉 '비일상적인'이란 감탄사를 발하게 되는 것이다.

회교 전통에서는 신비스러운 꿈의 경험과 물질계에서의 '일상' 생활의 관계가 잘 조화되어 총체성을 잃지 않고 유지되고 있다. 기도 시간을 알리는 아잔^{Adhan} 제도도 꿈에서 지시받은 것이다. 그 당시 마호메트는 유대인들이 트럼펫 소리를 듣고 시나고그(교회당)에 모이고, 초대 기독교인들이 방울 소리를 듣고 교회에 예배를 보러 가는 것처럼, 믿음이 두터운 자들에게 기도 시간을 알려줄 쉬운 신호 방법이 있으면 좋겠다고 생각하고 있었다. 그러던 중, 마호메트의 추종자 가운데 한 사람인 압둘라 벤 자이드가 기도를 하다가 깜박 잠이 들었는데, 꿈에 푸른 옷을 입은 남자가 방울을 갖고 있는 것을 보았다. 자이드는 기도 시간을 알리는 데에 그 방울을 사용하면 좋겠다고 생각하여 그 남자에게 그것을 자신에게 팔지 않겠느냐고 물었다. 그러나 푸른 옷을 입은 남자는 대답 대신에 "외쳐라, '알라' 이외에는 신이 없고, 마호메트는 알라의 예언자이시다"라고 했다. 압둘라 벤 자이드는 잠에서 깨어나자마자 자신의 꿈을 마호메트에게 이야기했다. 마호메트는 자이드가 꿈에서 들었다는 그 경구를 빌랄^{Bilal}에게 정확하게 가르쳐주도록 지시하고 빌랄을 첫 번째 무에진^{muezzin}(기도 시간을 알리는 사람)으로 임명했다.

킬턴 스튜어트^{Kilton Stewart}는 어느 세노이 족 사람이 꿈에서 춤을 계시받는 이야기를 기록하고 있는데, 그 꿈을 꾼 사람은 마치 베드로의 경우와 마찬가지로 자신이 속한 사회에 혁신적인 문화적 변화를 꾀하는 역할을 하게 된다. "다투 빈둥이 꾼 꿈은 세노이 족과 그 주변 종족들, 즉 중국이나 이슬람계의 식민지들 사이에 존재하던 의생활 및 식생활 등의 사회적인 주요 장벽을 깨뜨리는 꿈이었다. 그가 꿈에서 배운 춤을 전수받을 사람들은 그들의 식생활과 의생활의 습관을 바꿔야 했던 것이다. 그런데 그 춤은 너무나도 황홀해서 국경 주변에 거주하던 거의 모든 세노이인이 그 춤을 배웠다. 그 꿈이 지니는 또 하나의 특징은 여성의 위치에 관한 것으로, 여성의 종교적인 위치를 남성의 그것과 거의 동일한 수준으로 끌어올렸다는 점이다.

이것은 그야말로 꿈의 창조적인 기능에 의한 것이라고 할 수 있는데, 그 주변 문화에서는 그러한 유래를 찾을 수가 없다. 북미의 인디언 부족들이 거의 모두 그렇지만 특히 테톤 수^{Teton Sious}, 파파고^{Papago}, 그리고 치페와^{Chippewa} 등의 부족에서는 시나 노래를 예술 작품으로 생각하지 않는다. 시나 노래는 대개 꿈에서 배우게 되며, 케네스 렉스로스^{Kenneth Rexroth}도 지적했듯이, 그런 시나 노래는 거룩한 것이고 초자연적인 경외의 대상이며, 따라서 지고한 실재를 조정하는 데 아주 중요한 수단이 된다.

1 바람이 불고
  바람이 휘몰아치는 곳에
  나는 서 있다네.
  서쪽을 향해
  바람이 분다네.
  요란하게 바람이 분다네.
  나는 서 있다네.

2 올빼미가 운다네.
  밤의 길목에서
  올빼미가 운다네.

3 산이 가로지르는
  산정 위에서
  나는 알지 못했네.
  내가 방황하는 곳을,
  어드메서 내 뜨거운 마음과 영혼을
  잃어버렸는지.
  나는 정처없이 길을 떠났네.

4 (사슴의 노래)

　나의 빛나는 뿔

　첫 번째 노래는 꿈에서 늑대들이 '용감한 들소'라는 이름을 지닌 어느 테톤 수 족 사람에게 들려준 노래다. 두 번째 노래는 큰뿔사슴이 역시 테톤 수 족 사람인 '검둥오리'에게 들려준 것이다. 세 번째 노래는 이름이 밝혀지지 않은 어느 파파고 풋 족의 여인에게, 또 네 번째는 맥카비가바우라는 치페와 족 사람이 꿈에 들소가 되어 다른 들소에게서 배운 것이다. 이 꿈 노래의 구절들은 그 의미가 은밀하고 모호해서 입문 의식을 거치지 않은 사람들은 그 불가사의한 뜻을 알 수 없다. 또 다른 어느 파파고 여인은 다음과 같이 덧붙이고 있다. "그 노래는 그렇게 짧답니다. 우리가 그만큼 알고 있으니까요." 그런 노래는 꿈에 신이 들려준 구절 그대로이며 그 노래의 힘을 빌어야만 꿈에서 생시로 돌아올 수 있다고 한다. 또 신비 경험을 되풀이해서 재현하기 위한 도구이기도 하다. 어떤 노래를 계시해주는 꿈이나 환영은 무의식적으로 일어날 수도 있고, 때로는 의도적으로 불러일으킬 수도 있다. 그러나 그 배경에는 언제나 그런 경험이 일어나게끔 하는 당해 사회의 구조가 뒷받침하고 있다.

　서구에도 '영감은 꿈에서 얻는다'라는 말이 있는데, 케클레 ^Kekule 나

기타 다른 이들도 물론 이러한 가능성을 진지하게 받아들인다. 고의적으로 유발한 꿈에는 두 가지 종류가 있다. 즉 기도, 단식, 또는 약물을 이용하여 꿈을 유발하는 것과 꿈의 청탁託夢, Dream Incubation이 있다. 후자의 경우 꿈을 유발하는 힘은 개인의 고양된 의식에 있는 것이 아니고, 주술적인 힘이 잠재되어 있는 어떤 장소에 있는 것이다. 파파고 풋 부족의 경우에서처럼 주술적인 힘이 잠재되어 있는 곳이나 탁몽하는 장소에서 개인적으로 꿈을 유발할 수도 있겠지만, 내면에 있는 신을 불러내는 것이 성스러운 장소에서 불러내는 것보다 낫다.

에스쿨라피우스Aesculapius 또는 아스클레피오스Asklepios 종파는 고대 세계에서 가장 고도로 조직화된 종파였고, 탁몽 신앙을 널리 퍼뜨렸다. 2세기경에는 그리스와 로마 전역에 걸쳐서 약 300여 개가 넘는 이 종파의 사원이 있을 정도로 번창했는데, 그들은 신전을 방문한 순례자들에게 꿈에 나타난 원형적인 치료사를 개입시켜 치료하는 일에 몰두했다. 아메리카 인디언의 환상을 추구하는 경우에서 보았던 것처럼 신은 오로지 엄격한 단식과 정화 의식을 행한 후에야 비로소 접근할 수 있는 존재다.

에피다우루스Epidaurus에 있는 사원 입구에는 다음과 같은 비문이

쓰여 있었다. "이 사원에 들어가려는 자는 향유를 뿌려 몸을 청결하게 해야만 할지니, 청결이란 곧 경건한 마음을 갖기 위함이니라." 순례자는 황소나 양을 잡아 바치거나 또는 밀떡이나 향유를 바치고 나서 저녁나절 신에게 자신이 소망하는 꿈을 꾸게 해달라고 기도를 올린 다음, 그 지역의 독 없는 누런색 뱀이 우글거리는 한가운데에 희생으로 바친 동물의 가죽을 펴고 그 위에서 잠을 잔다. 그 까닭은 뱀이 곧 신의 살아 있는 상징이기 때문이다. 원래 에피다우루스 사원에서는 신이 직접 환자의 꿈에 나타났는데 그러한 꿈을 꾸는 것만으로도 병을 고치는 기적을 발휘했다. 그러나 로마 시대에 가서는 꿈이 더 이상 직접적인 치병 수단이 되지 못하고 그저 신의 의술적 조언을 받아들이는 방편이 되고 말았다.

이들 후대의 관습들에 대한 기사는 아리스티데스^{Aristides}의 《성스러운 말씀$^{Sacred\ Orations}$》(서기 150년)에 실려 있는데, 그는 이 책에서 자신의 오랜 투병 경험에 대해 서술하고 있다. 꿈에서 그는 계율을 받았다. 즉, '겨울에 맨발로 다녀라', '구토제를 사용하라', 심지어는 '손가락 하나를 공회로 바치라'는 내용이었다. 그는 그 강렬한 경험을 매우 감동스럽게 묘사했다. "우리는 때로는 꿈속에서, 때로는 깨어 있는 상태에서 듣고 배웠다. 머리카락이 쭈뼛 솟아오를 정도였고, 울부짖기도 하고, 행복감을 만끽하기도 했다. 우리의 가슴은 부풀어올

랐지만 자만심을 갖지는 않았다. 인간의 이러한 경험을 어떻게 글로 옮길 수 있을까? 그러나 그것을 경험한 사람이라면 내가 말로 다 표현하지 못하는 바를 공감할 수 있을 것이며, 내 마음도 이해할 수 있을 것이다."

꿈을 청한다托夢는 것은, 이를테면 신을 중간 지점에서 만나는 것이라고 볼 수 있다. 인간은 올라가고 신은 내려오기 때문이다. 이 같은 탁몽 의례Incubation rites에서 꿈꾸는 자는 더 이상 어떤 창조나 주술적인 노래를 배우려고 하지 않고, 오로지 치병 곧 그 당사자의 본래 건강을 다시 회복하려는 데에만 관심을 두게 된다. 이는 야키 족의 샤먼 돈 후안이 말하는 '힘'을 구하는 행위도 아니며, 그렇다고 영적인 것을 추구하는 것도 아닌, 다만 순례자의 물질적인 욕망을 추구하는 것에 지나지 않는다. 탁몽 관습에서 창조적인 꿈이란 병약자의 꿈이 아니라 신의 꿈인 것이다.

꿈을 통한 텔레파시, 예감 및 예언에 있어서 꿈꾸는 사람이 듣게 되는 '노래'는 어디에서든 벌어지고 있을 어떤 사건 내지는 미래의 어떤 시점에서 발생될 사건에 대한 특수한 정보의 하나다. 어디선가 벌어지고 있을 사건에 관한 정보를 담고 있을 경우에는 물질적인 공간 개념이 사라지고, 미래에 일어날 사건에 관한 정보를 담고 있는 경우 직선적인 시간의 개념이 사라지고 만다.

꿈을 통한 텔레파시를 오트만 제국 시대의 몇몇 수피 집단이 아주 엄격하게 실행했다는 기록이 있다. 그러나 오늘날 그러한 것을 자발적으로 경험했다고 사례들은 텔레파시의 효과에 대해서는 보여주고 있으면서도, 부분적으로만 이해되고 있거나 명확하지 않게 이해되고 있을 뿐이다. 융의 꿈은 꿈을 통한 텔레파시가 무엇인지를 보여주는 실례다.

"나는 내 아내의 침대가 돌 벽으로 된 깊은 웅덩이에 놓여 있는 꿈을 꾸었다. 그것은 하나의 무덤이었는데 어딘가 고풍스러운 구석도 있었다. 그때 나는 누군가가 숨이 넘어갈 때 내쉬는 듯한 미약한 소리로 꺼질듯이 한숨을 짓는 소리를 들었다. 내 아내 비슷한 어떤 인물이 그 구덩이에서 일어나더니 위로 떠올랐다. 그 사람은 이상한 검은색 무늬가 그려진 흰색 가운을 걸치고 있었다. 나는 벌떡 일어나서 아내를 깨우고 시계를 보았다. 새벽 3시였다. 꿈이 하도 괴이한지라 나는 한순간 그것이 누군가의 죽음을 의미한다고 생각했다. 그후 아침 7시경에 내 아내의 사촌이 그날 새벽 3시에 임종했다는 기별이 왔다. 여기에서는 그 텔레파시의 내용이—죽음에 대한 예감과 정확히 들어맞은 시간—일련의 복잡한 상징과 얽혀 있는데, 그 상징들은 꿈의 내용과는 생생하게 연결되지만 텔레파시가 말해주는 생시의 실재와는 그다지 직접적으로 연결되지 않는다. 이 꿈이 모호한 까닭은 아마도 꿈꾼 사람이 '깨어 있지 못했기' 때문인 것 같다."

이러한 꿈들이 의식 상태 또는 깨어 있는 상태에서는 어떻게 변형되어 나타나는지에 대해서는 뒤에 다시 논하기로 하겠다.

뉴욕에 있는 마이모니데스Maimonides 꿈 연구소에서 몬태규 울만Montague Ullman 박사나 스탠리 크리프너Stanly Krippner 박사가 행한, 꿈을 통한 텔레파시의 실험들은 꿈을 통한 텔레파시의 실재를 확인하는 데 성공했다. 그들의 실험에서는 뇌파의 흐름E.E.G을 기록하는 뇌전도electroencephalographs 기계와 빠른 눈 운동R.E.M을 기록하는 안전도electro-oculographs 기계가 실험 대상자에게 부착되었다. 꿈이 시작되었다는 것이 R.E.M과 E.E.G의 움직임을 통해 체크되면, 다른 방에 있는 실험자가 무작위로 채택한 그림이나 이미지를 실험 대상자들의 꿈에 '투사'하기 시작한다. 그리고 꿈이 끝나기 직전에 실험 대상자들을 깨워 그들이 꾸었던 꿈에 대해 회상하라고 한다. 이와 같은 실험으로 꿈를 통한 텔레파시가 아리스토텔레스가 시사한 것처럼 우연의 일치만은 아니라는 사실이 아주 성공적으로 —합리적이며 과학적인 용어로— 확증되었으나, 그것이 어떻게 이루어지는가에 대한 이론을 펴는 데는 아직 큰 진전을 보지 못했다.

던J. W. Dunne은 그의 저서 《시간의 실험An Experiment with Time》에서 텔레파시와 예감적인 내용을 다룬 꿈들의 작용을 자세히 설명하고 있다. 던은 그러한 꿈의 현상이 비일상적인 것이 아니며, 모든 꿈이 과거와 미래의 사건과 관련된 온갖 정보를 담고 있다고 주장했다. 꿈의 예감이 논의되지 못하는 까닭은 물론 대부분의 꿈이 회상되지 못한다는 데에서도 그 이유를 찾을 수 있지만, 설사 그런 꿈이 기억된다고 하더라도 우리의 정신은 그것을 불가능한 것이라고 기계적으로 일축해버리기 때문이라는 것이다. 그러나 때로는 너무나 의미심장하게 생각되어 결코 간단하게 무시해버릴 수 없는 예외적인 꿈들도 있는데, 그런 꿈들은 무의식적인 텔레파시와 예감적인 내용을 담고 있으며 융의 꿈에서 본 바와 같이 대체로 꿈꾸는 사람의 친구 내지는 가까운 친척들과 관련되어 있다.

던은 과거는 물론 미래를 바라볼 수 있는 비시간적인 전망atemphorl perspective을 인정하기 위해 여러 단계의 자아들이 있다고 가정했는데, 각 단계의 자아들은 이전 단계의 자아들보다 한 수 높은 의식을 지녔다고 한다. 이와 같이 해서 던은 현대 물질 문화에 대한 정의상의 문제를 해결한 반면 그의 이론은 무한한 회귀infinite regression라는 더 큰 문제를 만들어냈다.

던은 꿈에서 예견된 사건 가운데 사소한 것들은 며칠 이내에 실제로 일어날 수도 있다고 주장했으나, 예언 문제에 관해서는 꿈을 통한 텔레파시를 검증하기 위해 고안해냈던 엄격한 실험 기재들과 같은 어떤 방법도 고안해내지 못했다. 성서와 같은 예언적 전통에서 예언적인 꿈의 타당성 문제는 오직 그것이 성취되었는가 어떤가에 달려 있었으며, 그것이 성취되었는지를 아는 유일한 방법은 기다리는 수밖에 없었다. 그러나 얼마의 세월을 기다려야 할지 예언자들조차 산정하기 어려운 일이었다.

북미 인디언에서 가장 위대한 예언자는 아마도 블랙 엘크Black Elk일 것이다. 그는 흔히 자신의 위대한 예언적 환상이 아직 실현되지 못하고 있다는 생각에 매우 슬퍼하는 인물로 알려져 있다. 그가 환상을 통해 얻은 중심 메시지는 백인과 인디언 간의 가장 치열했던 전투로 갈가리 찢긴 수 족이 신앙심을 회복하고, 정확한 제의를 행함으로써 다시 온전해질 수 있다는 것이었다. 그러나 환상을 통해 본 것을 고지식하게 연출함으로써 자신의 동족을 구하는 데 실패한 블랙 엘크는 이번에는 자신의 환상을 실현하는 문제를 초월적인 차원으로 옮겨놓았으며—초월적인 것은 역사와는 다른 방식에서 또 하나의 실재이므로—자신의 예언의 성취나 실패가 물질적인 역사의 차원에서 일어나는 것이 아니라는 것을 인식하고 정복자들에게 자기 환상의 기록을 전달했다.

블랙 엘크는 자신의 환상을 존 니하르트John Neihardt에게 구술해서 받아 적게 했는데, 한 번은 자기가 경험한 환상을 그대로 이야기해주었고, 또 한 번은 그 환상에 바탕해서 만들어낸 제의에 대해 이야기해주었다. 그는 그 복잡한 줄거리를 여러 번 되풀이해서 들려주었다. 이것은 앞서 언급했던 브레이브 버팔로가 꿈에서 배운 노래를 주문처럼 반복했던 것이나, 꿈에서 계시되는 노래는 대개 같은 구절을 여러 번 반복하는 형식으로 되어 있는 것과 같은 의도에서 비롯된 행위인데, 반복은 곧 힘의 축적을 의미하기 때문이다. 블랙 엘크는 니하르트가 자신의 후계자로 선택됐다는(돈 후안이 카스타네다를 선택했듯이) 것과 자신의 특별한 지혜를 모든 인류에게 재차 전달할 인물이라는 말을 남겼다. 그러나 블랙 엘크가 자신에게 내려진 '계시'를 자기 동족의 '원수들'에게 전달하기 위하여 자신의 전기를 힘 있고, 위압적이며, 불가사의한 매개로 삼으려했다는 것은 의심의 여지가 없다. 그는 자신의 생애에 관해 다음과 같이 시작하고 있다.

이 이야기는 위대한 환상의 이야기다. 그러나 그 환상은 그것을 이용하기에 너무나 연약한 한 인간에게 내려졌다. 이 이야기는 우리의 영혼 속에서 아름답게 꽃피우며 번성했어야만 했을 성스러운 나무의 이야기다. 그러나 이제 그 나무는 시들었다. 이 이야기는 또 우리의 꿈에 대한 이야기다. 그러나 그 꿈은 흰 눈 위에 피를 뿌린 채 죽어갔다. 그러나 만일 이 환상이 내가 아는 바 그대로 진실되고 또 힘을 지녔다면 그 환상은 지금도 여전히 진실되고 힘을 지니고 있을지니 그러한 일들은 우리 정신의 영역에 속한 것인즉, 인간이 갈피를 못 잡고 헤매는 까닭은 바로 그들의 눈이 칠흑 같은 어둠 속에 잠겨 있기 때문이다.

블랙 엘크의 예언적인 환상은 본래 수 족 사람들에게 주어진 것이었으나 이번에는 그의 전기를 읽는 독자층을 겨냥하게 되었다. 그는 훌륭한 솜씨로 메시지를 전달했고, 그 예언은 아마도 실현될 날이 오기만을 기다리고 있을 것이다.

깨어서 꿈을 꾸는 사람

        티베트 불교의 승려 밀라레파Milarepa는 8년간의 명상을 끝내고 동굴에서 나올 즈음 의식을 지닌 채 꿈을 꿀 수가 있었다. 그는 자신의 꿈속에서 임의로 형상을 만들 수 있었다. "나는 내 몸을 활활 타오르는 불꽃으로, 또는 광활한 태양이나 도도히 흘러가는 강물로 변형시킬 수 있었다." 그는 스스로를 자유로이 몸 밖으로 투사할 수 있었다. "나는 우주 곳곳을 아무런 방해를 받지 않고 여행할 수 있었다." 그러는 동안 밀라레파는 하나의 신, 다시 말해서 세계를 창조해내는 의식적인 존재가 되었다.

    꿈속에서 의식을 지니고 있다고 하는 것, 즉 잠을 자면서도 각성한 채로 자신을 통제할 능력이 있다고 하는 것은 무엇을 의미하는 것일까? 그것은 곧 물질적인 세계관을 아무 의미도 없게 만들어버리는 경험이라 할 수 있는데, 그 이유는 깨어서 꿈꾼다는 것이 물질적인 세계관에 직접적으로 대치되기 때문이다. 현대의 한 실증 철학자는 "의식적인 경험 내지는 기타 다른 경험을 갖는다는 것은 그것이 무엇이든 간에 잠잘 때 이루어지는 것은 결코 아니다"라고 못 박아 말했다. 이에 대한 신비적 전통의 입장은 신비주의 사상가 구르디예프

Gurdiiev의 말 속에 요약되어 있다고 할 수 있다.

대부분의 사람은 스스로가 깨어 있다고 생각할 때 잠자고 있는 것이다. 꿈속에서 깨어난다는 것은 일면 삶의 꿈으로부터 깨어나는 것과 마찬가지다. 즉, 꿈속에서 자신이 의식적으로 만들어내는 형상들과 마찬가지로 꿈꾸고 있는 자신 역시 꿈속의 등장인물이라는 사실을 깨닫는 것이다. 이러한 불가사의는 고대 이집트인들에 의해 자세히 언급되고 있었으니 그들에게 있어 꿈이라는 말은 '깬다'라고 하는 동사로부터 파생되어 나온 것이다. 깨어서 꿈꾸는 자의 첫 번째 단계에서는 모든 것이 선명하다.

돈 후안은 "나는 지금 곧 네게 힘을 얻게 되는 첫 단계를 가르쳐주려고 한다. 나는 어떻게 꿈꾸기를 시작해야 할지를 네게 가르쳐주려 한다"고 말했다. 그는 나를 가만히 바라보더니 자기가 무얼 말하는지 알겠느냐고 물었다. 나는 모른다고 했다. 사실 그의 말을 하나도 이해할 수가 없었다. 그는 '꿈을 꾸기 시작한다는 것'은 어떤 꿈의 전반적인 상태를 간단하면서도 효과적으로 통제한다는 것을 의미하며, 우리가 사막 한가운데서 모래산을 기어오를 것인지 아니면 물이 있는 협곡의 응달에 남아 있을 것인지를 선택할 때 지니는 자제력에 비교할 수 있다고 설명했다. "자네는 아주 간단한 일에서부터 시작해 볼 수 있다. 오늘밤 꿈을 꿀 때 자네는 자네 손을 보아야 한다"라고 말했다.

　어떤 특정한 대상을 선정하여 깊이 인식하고 꿈을 꾸는 상태에서도 내내 그 인식을 그대로 유지하는 것은 맑은 정신에 도달하는 가장 흔한 방법 중 하나다. 초기 정신과 의사인 프레드릭 반 에덴 Fredericks van Eeden 은 세밀한 사항을 관찰함으로써 최초로 꿈속에서 의식에 도달했다. "나는 잎이 다 떨어져버린 나무들의 풍경 이곳저곳을 떠다니는 꿈을 꾸었다. 그리고 나무줄기와 잔가지들의 원근이 매우 자연스럽게 변화하는 것을 알았다. 그런 다음 나는 잠자는 동안 공상만으로는 조금 전에 떠돌면서 보았던 잔가지들의 원근 운동처럼 복잡한 이미지들을 결코 만들어낼 수 없을 것이라는 생각을 했다." 그것은 맑은 정신을 촉발하는 깨어 있는 생활에 유사한 것을 주목하는 것이 아니고, 자각에 주목하는 것이다. 그러한 자각은 꿈의 이미지가 생시의 이미지와 너무 닮아 만들어낼 수가 없다거나, 또는 그 이미지가 생시의 이미지와 너무 흡사하지 않기 때문에 꿈을 꾸어야만 한다는 것에 주목함으로써 생길 수 있다.

　돈 후안은 "어떤 것이나 초점을 맞추어놓을 수만 있다면 꿈을 꾸는 것은 실재다. 굳이 네 손을 보려고 할 건 없다"고 하면서 "내가 말한 바와 같이 무엇이든 선택하되, 우선 하나만을 선택해서 그것을 꿈 속에서 보도록 하라"고 했다.

인도에서는 꿈꾸는 상태에 있는 동안 의식을 계속 유지하기 위한 구체적인 요가 기술로서 각성과 프라나야마^{Pranayama}라고 하는 호흡 조 절법을 이용한다. 이는 정신 집중인 호흡이 비물질적이기 때문에 초 심자를 물질세계로부터 끌어내어 꿈의 형상 및 이미지들이 만들어내 는 제2의 또 다른 닮은꼴의 물질세계로 이끌어갈 염려가 없다. 티베 트의 어떤 요가 단체에서는 무시무시하거나 경악스러운 모습을 한 신 들의 이미지를 정신 집중의 대상으로 삼고 있는데, 이는 초심자가 꿈 속에서 그 이미지를 보면서 정신이 번쩍 들도록 하기 위해서라고 한 다. 탄트라의 비정통파들 중 어떤 종파들은 푸락카^{Puraka(들이마시는 숨)}와 레 카카^{recaka(폐에 공기를 집어넣는 것)}를 실천하는 다소 추상적인 과정보다는 악마 적인 이미지가 갖는 망상적인 실재에 정신을 집중하는 경향이 있기 때문에 그들은 하나의 물질주의적 형태를 다른 물질주의적 형태로 단 순히 대체시키는 데 지나지 않는다는 비난을 받고 있다.

우리는 꿈의 상태를 궁극적으로 뛰어넘어야만 한다. 그러나 무엇 보다도 먼저 꿈의 실재가 지니고 있는 구체적이면서도 비물질적인 형태를 충분히 경험해야만 하며, 또 꿈속에서의 의식적인 행동을 지배하는 법칙들을 배워야 한다. 융 역시 그가 '심적 실재psychic reality'라고 불렀던 영역에서 사람들이 마주쳤던 형식들을 실체인 것처럼 생각할hypostatizing 위험이 있음을 특별히 경고했었는데, 이 점에 대한 그의 결론은 심오한 역설을 담고 있다.

"악령이 망상임에 틀림없었다고 고집하기 전에 그는(모든 사람은) 이 망상의 실재를 한 번 더 경험해야 마땅할 것이다. 그는 이 심적인 힘들을 새롭게 인정하는 법을 배워야 할 것이며, 그의 분열적인 성향들도 따지고 보면 파생적인 실재를 지니고 있는 실제 심리적 특성들Psychic Personalities이다. 심리적 특성들이 실재로서 인식되지 않고 무의식적으로 투사될 때는 실재다. 심리적 특성들이(신에 대한 신앙이 존재한다고 할 때 종교적인 용어로) 의식意識과 관계를 맺게 될 때는 상대적으로 실재한다 하겠지만, 의식이 자체를 심리적 특성들의 내용으로부터 분리시키는 한 심리적 특성들은 그만큼 비실재적인 것이다. 그렇긴 하나 이 마지막 단계는 인생을 여한이 없도록 헌신적으로 살고 이완의 의무가 남아 있지 않을 때 도달될 수 있다. 이러한 점에 대해 우리 스스로를 기만하는 것은 부질없는 짓이다. 우리가 어딘가에 집착을 하는 한 우리는 아직 무엇엔가 홀려 있는 것이라 하겠다.

우리가 꿈에 맑은 정신에 도달하기 위해 무시무시한 인식의 충격을 필요로 하는 동안 마치 세노이인들이 추락하는 꿈을 날아가는 꿈으로 바꿀 수 있고, 또는 에스키모나 라프 족의 샤먼이 마주 대하는 악마적 형상이 꿈을 꾸는 사람을 깜짝 놀라게 하여 의식이 깨어나도록 하는 데 이바지할 수 있는 것처럼 꿈의 세계 본연의 망상들임이 틀림없는 것들에 사로잡혀서는 안 된다.

돈 후안은 "일상적인 꿈은 꿈의 시작과 함께 매우 생생하게 전개된다"라고 하면서 다음과 같이 말을 이었다. "생생함과 분명함이 만만찮은 장벽이 된다. 꿈을 꾸는 데 있어 그 다음 단계는 여행하는 것을 배우는 것이다. 꿈에 너의 손을 보는 것을 배웠던 것과 같은 방식으로 너 자신을 이동할 수 있고 어디로든지 갈 수 있다. 우선 가보고 싶은 장소를 한 곳 정하고, 그런 다음에 그곳에 가겠노라고 마음먹어라."

여행이나 비상 또는 유체幽体 투사 및 몸 밖으로의 여행 등 흔히 서구에서 이야기되고 있는 이 같은 체험들은 의식적인 꿈에서 볼 수 있는 보편적인 존재 양식이다. 맥락에 따라 자아, 영혼, 전사, 유체, 사냥꾼, 바르도 신체Bardo body, 식자 등등 다양한 용어로 사용되는 것들이 객체의 물질적 실재와 다른 어떤 실재를 인식할 수 있게 될 때, 꿈꾸는 사람이 지니고 있는 바로 이 같은 측면들이 물리적 세계의 이미지와는 다른 세계—그렇지만 물리적인 세계와 서로 접합되어 있다—
속의 시간과 공간을 자유자재로 드나드는 법을 배울 수 있게 된다.

깨어 있는 채로 꿈을 꾸는 사람들이 그런 비물질적인 세계를 넘나
들기 시작할 때 저들은 자신들이 종종 밝은 빛에 온통 감싸여 있는
것을 보게 된다. 처음에는 이 빛이 색깔 있는 것으로 나타나지만, 오
랜 영적 발전 단계를 거친 후에는 꿈꾸는 사람의 지각이 바뀌어 순백
색의 빛을 체험하게 된다. 샤모딘 라히지라는 어떤 수피주의자의 꿈
은 최초의 비상에 대한 체험은 물론 우주적인 빛에 대한 체험까지 보
여주고 있다.

나는 우주 전체가 온통 빛으로 이루어진 것을 보았다. 만물은 하
나의 색으로 되어 있었다. 나는 공중으로 날기를 원했다. 그러나
내 발목에는 내가 날지 못하도록 나무토막 같은 것이 걸려 있다는
것을 알았다. 나는 격한 감정에 휩싸여 그 나무토막을 떼어버리려
혼신의 힘을 다해 힘껏 땅을 박찼다. 나는 시위를 떠난 화살과 같
이 멀리멀리 날아갔다.

티베트, 이슬람, 세노이 또는 마리코파 등과 같은 문화권에서는
세밀하거나 또는 누구나 알 수 있는 제도적 장치가 있어 초심자로 하

여금 꿈의 상태에서 겪은 체험의 의미를 살릴 수 있도록 충분한 정보를 제공해준다. 즉, 하나의 분명한 지도나 적어도 어떤 행동 방침을 제공해준다. 그러나 사전에 범상치 않은 꿈을 경험한 적도 없고 또 스승으로부터 가르침을 받은 적이 없으면서도 어떤 사람은 자기도 모르게 의식적인 꿈속으로 뛰어들어 여행을 하기도 하고 빛을 경험하는 수가 있다. 이러한 일이 일어날 때 꿈을 꾸는 사람은 단순히 맑은 정신의 수준에 남아 꿈꾸는 시간 동안 내내 세계가 분명한 실재인지 그리고 비물질적인 요소로 구성되어 있는지를 검증하려고 무던히 애쓴다. 말하자면, 프레데릭 반 에덴이 포도주 잔이 꿈에서도 생시처럼 깨지는지 어쩐지 보려고 그것을 두드려 검증했던 것과 마찬가지로 말이다.

어떤 사람은 누구의 도움도 없이 혼자서 꿈의 세계를 밝혀내고자 탐구를 계속하기도 한다. 로버트 먼로^{Robert Monroe}는 미국의 사업가로서 1958년부터 자신도 모르게 몸 밖으로 빠져나가는 여행을 경험하기 시작했다. 처음에는 그러한 경험이 그를 전율케 했지만 자신이 미친 것이 아니라는 것과 그런 상황은 어떤 면에서 현실이라는 것을 확신한 후에, 그는 의식적으로 그러한 꿈의 세계로 들어가는 나름대로의 방법을 발전시켰다. 그는 구체적인 장소들을 투사했으며, 자신을 입증하기 위해 증거도 수집했다. 심지어는 자신이 그곳에 있는 중이라는 것을 증명하기 위해 깨어 있던 한 친구를 꼬집은 적도 있었다.

먼로는 투사를 마치 육체적으로 직접 날아가는 것으로 경험하기도 했고, 또는 기분상으로 희미한 빛 속을 통과하는 것 등으로 경험하기도 했다. 그는 그 빛의 현상을 자신을 꼼짝 못하게 하는 거대한 힘을 가진, 이를테면 거의 잡힐 듯 말 듯한 비인격적인 빛의 광선으로 경험했다. 그는 또 자신을 공격했던 꿈의 형상들과 벌였던 싸움을 다음과 같이 들려주기도 했다. "나는 머릿속에서 불을 떠올려 시각화하면 그것이 힘이 되겠거니 생각했다. 그러나 그것은 그다지 큰 도움은 되지 못했다. 그래서 이번에는 전기를 떠올리려고 애썼다. 나는 잔뜩 충전시킨 두 가닥의 철사줄을 눈앞에 그려보았다. 그 철사줄을 내 등에서 끌어내린 그 무엇의 옆구리에 꽂아넣었다. 그러자 그 무엇의 덩어리는 금방 작아지고 축 늘어져 죽는 것 같았다. 그러고는 갑자기 박쥐 같은 것이 찍찍거리며 내 머리 위를 지나 창밖으로 날아가버렸다. 나는 '아이구, 이겼구나' 하고 생각했다."

괴상하고도 무시무시한 환영을 체험한 먼로는 이러한 꿈의 세계는 실재임이—적어도 생시의 세계와 똑같은 실재—분명하고, 그 물리적인 형상은 자유자재로 변화시킬 수 있는 아주 유연한 세계라고 생각했다.

제2의 신체(의식적인 꿈 경험에 적극적으로 참여하는 사람을 지칭하는 먼로의 용어)는 매우 유연하고, 그것은 어떤 형태라도 취할 수 있을 뿐 아니라, 또는 개체가 원하는 대로 될 수가 있다. 팔을 정상보다 세 배나 길게 내뻗을 수 있다는 것은 그 같은 유연성을 가리키는 것이다. 어떤 주어진 순간에 마음이나 의지가 특별한 형태를 취하도록 지시하지 않을 경우 자동적인 사고 습관을 통해 익히 잘 알려져 있는 사람의 모습을 그대로 유지하게 된다.

의식적인 꿈에는 미국의 심리학자 찰스 타르트Charles Tart가 '몽롱한 꿈high dream'이라고 언급한 또 다른 종류의 꿈이 있다. 그 몽롱한 꿈은 잠자는 동안에 일어나는 하나의 경험으로, 이를 통해 우리는 또 다른 세계, 곧 꿈의 세계 속에 있는 우리 자신을 볼 수 있으며, 또 꿈이 진행되는 동안 우리는 달라진 의식 상태에 있음을 깨닫게 된다. 달라진 의식 상태Altered State of Consciousness, 즉 ASC는 실제 현실 속에서 흔히 경험하는 것과는 다른 의식 유형이다. 타르트는 몽롱한 꿈을 정의하는 가운데 달라진 상태는 화화적 환각제를 복용함으로써 유발된 몽롱한 상태와 비슷하나 반드시 일치하는 것은 아니라고 했다.

나는 LSDlysergic acidiethylamide(환각제의 일종) 같은 가스로 된 물질에 힘입어 몽롱한 상태에 빠지게 되는 꿈을 꾸었다. 공간은 팽창하여 긴장된 성질을 갖게 되었으며, 꿈을 꾸고 있는 내 몸은 포근한 열기로 채워져서 나의 정신은 분명하긴 하지만 뭐라 형용할 수 없는 방식으로 '몽롱하게' 되어 갔다. 그런 상태가 일 분쯤 지속된 것 같은데 우리 아이 중 하나가 외치는 소리에 잠에서 깼었다. 내 아내도 무슨 일인가 하여 일어났다. 그런데 아주 놀라운 일이 벌어졌다. 나는 깨어났으면서도 여전히 몽롱한 상태로 있었던 것이다! 시간과 공간이 팽창되는 듯한 그리고 따스한 감각을 침대 위 방 한가운데 서서 느꼈다. 나는 한동안 그 상태로 있었다. 내가 경험했던 몽롱한 꿈을 회상하면서 또 그때까지 그대로 흥분 상태에 머물러 있을 수 있었던 것을 놀라워하면서 말이다.

몽롱한 꿈의 개념을 명상이나 무아 상태와 같은 다른 ASC 경험들까지 확대하여 포함시킬 수 있다. 몽롱한 상태가 생시에까지 연장될 수 있다는 것은 매우 흥미로운 일이다. 이것은 수피의 알람 알 미트랄alam-al mithral(물질계와 지성계의 중간 이미지들의 세계)과 마찬가지로 무아지경의 ASC 가 꿈의 상태와 같은 또 다른 ASC로부터 깨어나 있는 상태에서 접근할 수 있는 존재론적인 영역에 있다는 점을 암시하는 것이다. 이와 유사한 경험을 다음에 언급한 꿈 이야기에서 찾아볼 수 있을 것이다.

이 경우 언급하고 있는 ASC는 라티한^{latihan}, 즉 내적인 능력의 훈련이며, 클라우디오 나란조^{Claudio Naranjo(정신과 의사, 심리치료사)}는 이것을 의미심장한 명상이라고 묘사하고 있다.

나는 불쾌한 꿈을 꾸고 있었다. 꿈에 나는 결코 해결할 수 없을 것처럼 보이는 문제에 직면해 있었다. 나는 문득 내가 만약 라티한 (내적 능력의 훈련)을 행한다면 그 문제를 해결할 수 있을지도 모르겠다는 생각이 들었다. 나는 일 분간 눈을 감고 그 상태를 '수감 received'하고 그 상태로 몰입했다. 그 힘이 나를 움직이는 대로 나는 '내 자신'의 라티한을 경험하고 인식했는데, 여기서 '내 자신'의 라티한이란 말을 쓴 이유는 그 꿈에서 내게 일어난 일이 그 무렵 내가 생시의 라티한들에서 겪었던 일들과 연속성을 지녔다는 점을 말하려는 뜻에서다. 그러자 나는 꿈속에서 점점 더 의식이 또렷해졌다. 나는 내가 꿈을 꾸면서 라티한에 들어갔다는 것을 깨달았으며, 또 그렇게 알고 있었다. 그러나 바로 그때 나는 잠에서 깨어났는데, 라티한의 상태는 얼마 동안이나 더 지속되었다.

이 꿈에서 타르트가 밝힌 기준에 뭔가 덧붙일 게 있다면, 꿈꾸는 사람은 한편으로는 자신이 꿈을 꾸고 있다는 것을 알고 있고, 또 ASC

의 상태에서도 정신은 또렷하다는 사실일 것이다.

　의식적인 꿈을 꾸는 것과 관련하여 꿈의 상태에 관한 완벽에 가까운 현대적 이론이 바그완 스리 라즈니시Bhagwan sri Rajneesh에 의해 전개되었다. 그는 힌두교 및 이슬람의 밀교 전통의 여러 측면들을 통합하여 이론을 전개했다. 그에 따르면, 우리는 '일곱 가지의 신체'—생리적인 신체, 에테르 같은 신체, 성광과 같은 신체幽体, astral body, 정신적인 신체, 영적인 신체, 우주적인 신체, 열반적 신체—를 갖고 있으며, 이들 각각의 신체는 각각의 법칙에 따라, 각각의 차원에서 그들 나름대로의 꿈을 꿀 수 있다고 한다. 꿈이 열반의 차원에 가까우면 가까울수록 꿈은 꿈꾸는 사람 개인이 사사롭게 투사한 환상으로 이루어지는 것이 아니라, (꿈은) 점점 더 실재성과 확실성 내지는 존재하는 것 속에 들어 있지 않은 어떤 본질적인 꿈의 속성에 더 가까워진다.

　그러나 이들 일곱 가지 신체와 그들이 꾸는 서로 다른 일곱 종류의 꿈을 단순히 경험만 한다는 것은, 실제 그 일곱 차원의 실재성을 이해하는 데 방해가 될 것이다. 제아무리 꿈꾸는 사람이 예언적인 꿈을 꿀 수 있고, 또 투사나 텔레파시적인 경험을 가질 수 있다 해도 말이다. 이들 일곱 차원의 실재성을 진정으로 알기 위해서 우리는 이들 일곱 종류의 꿈 하나하나에서 의식을 지닐 수 있어야 할 것이다. 즉, 일곱 가지의 차원에서 의식을 갖고 꿈꾸는 법을 배워야 한다는 말이다.

'생리적인 신체'는 그 자신의 꿈을 만들어낸다. 배가 아픈 사람은 그에 상응하는 독특한 유형의 꿈을 꾸게 될 것이다. 라즈니시에 따르면, 그것은 또한 프로이트의 욕망을 충족시키는 꿈이라는 개념을 함축하고 있다고 한다. 만약 우리가 성욕을 충족시키지 못했다면, 성적인 공상을 가질 가능성이 많다. 이러한 차원에서 꿈은 오직 공상일 따름이다. 즉, 완전히 비현실적이라 하겠다. 때로는 이러한 일상적인 꿈에 에테르적 차원이나 유체적인 차원의 꿈이 일부 들어 있을 수도 있다. 그러나 그렇게 되면 꿈은 엉망이 되어버리고 우리는 그것을 이해할 수 없게 된다. 그런 일이 있는 것은 일곱 개의 신체는 동시에 존재하면서 한 영역에 자리 잡고 있으며, 다른 영역의 장벽을 넘어 들어갈 수도 있기 때문이다.

'에테르적 신체'는 공간을 왔다갔다 할 수 있으며, 그 여행이 무의식적으로 이루어질 때 그것은 하나의 꿈으로 기억된다. 먼로가 꿈속에서 그의 친구를 방문했을 때 그가 경험했던 몸 밖으로 나가는 여행은 에테르 같은 신체에 대한 의식적인 경험들이며, 자파 japa(주문을 반복하는 행위)나 몇몇 수피 집단에서 사용하는 향을 태운다든가 어떤 생각을 명상함으로써 유발할 수도 있다.

'유체 astral body 의 정신'은 과거, 다시 말해서 아메바로부터 인간에 이르기까지 전체 과거의 무한한 역사 속으로 뛰어들 수 있다. 이러한 꿈의 상태를 말짱한 정신으로 경험하기 위해서는 영혼에 관해 선입견을 갖지 않고 꿈속으로 뛰어들어야 한다. 만약 유체적인 차원에서의 꿈이 그저 하나의 꿈에 지나지 않고 실재가 아니라면 죽음에 대한 두려움으로 인해 무력해질 것이다. 죽음에 대한 공포, 이것이 바로 시금석이다. 꿈의 경험에서, 영혼의 불멸에 대한 신앙에서가 아니라, 확고한 지식을 통해 죽음의 공포를 극복한다는 것은 유체적인 차원의 의식에 도달하는 길이 된다. 이것이 바로 세노이인들이 살았던 차원이다.

'정신적인 신체'는 꿈꾸는 사람이나 그와 가까운 사람들의 과거나 미래로 여행할 수 있다. 이러한 꿈들에서 나타나는 이미지들은 대개가 매우 명료하다. 의식이 있는 정신적 신체가 꾸는 꿈은 오랜 기간의 금식이나 고독, 또는 이슬람 전통의 이스티카라^{Istikhara}같은 제의를 통해 유발될 수가 있다. 이것은 또한 밀라레파가 8년간의 탄트라 밀교의 명상을 끝내고 드락카 타소^{Dragka Taso}의 동굴을 떠날 즈음에 도달했던 단계이기도 하다. 이 네 번째 유형의 영역에서 꿈을 꿀 수 있는 사람이라면 위대한 예술가가 될 수 있다.

그럼에도 이러한 꿈을 꾼다는 것이 참된 지식을 얻는 데 장애가 될 수도 있다. 라즈니시는 이렇게 경고하고 있다. "우리는 어떠한 것도 창조해서는 안 된다. 그렇지 않으면 창조될 것이니까 말이다. 우리는 언제나 욕망도, 상상력도, 이미지도, 신도, 스승도 없다는 것을 알아야 한다. 그렇지 않으면 그런 것들이 모두 네게서 만들어져 나올 것이다. 너는 창조자가 될 것이다. 그들은 너무나 복된 것들이기에 우리는 그것들을 창조해내기를 갈구한다. 이것은 구도자의 마지막 장애다. 만약 이것을 극복한다면 그 이상의 더 큰 장애는 없을 것이다." 꿈꾸는 사람이 이미지를 창조해내는 한 그는 계속 꿈을 꾸게 될 것이다. 왜냐하면 오직 목격하는 정신만이 실재를 향해 가는 길이 되어줄 것이기 때문이다.

다섯 번째 '영적인 신체'는 개체의 영역을 넘어선다. 그것은 시간의 영역도 넘어선다. 이제 영원 속에 있는 것이다. 이것은 바로 홍수 신화, 창조 신화 등 모든 위대한 신화들을 꿈꾼 차원이다. 다섯 번째의 신체를 깨달은 두 사람은 동시에 함께 꿈을 꿀 수가 있다. 영적인 의식 속에서는 꿈과 현실 사이에 아무런 차이가 없다. 차이가 있다면 단지 하나의 형상과 거울에 반사된 모습 간의 차이만이 있을 따름이다. 영적인 차원에서 꾸는 꿈에서 꿈은 거울 속에 비치는 것이다.

여섯 번째 '우주적인 신체'로부터 순수한 존재의 꿈들이 나온다. 그래서 우주적인 차원에서 꿈을 꾸는 사람들이야말로 위대한 체계, 즉 브라마의 마야에 대한 이론들, 하나Oneness에 대한 이론들, 무한에 대한 이론들 등을 창조한 장본인들이다. 그러나 비록 개체를 뛰어넘고 시간과 공간의 범주를 넘어선다 해도 이 수준에서도 역시 존재하려는 욕구, 비존재에 대한 공포가 남아 있다. 물질과 정신은 하나가 되었지만 존재^{Being}와 비존재^{Non Being}, 실존^{Existence}과 비실존^{Non Existence}은 아직 하나가 되지 못했다. 그들은 아직도 별개의 것들이다.

그다음 일곱 번째 '열반의 신체'는 그 자체의 꿈, 다시 말해서 비실존의 꿈, 무^無의 꿈을 갖는다. 마침내 무형^{Formless}만이 존재한다. 이제 소리가 없다는 것을 빼고는 아무런 소리도 없다. 이제는 고요만이 있다. 고요의 꿈은 절대적이며, 끝이 없다.

PART
2

도판으로 이해하기

muenes vidte abraham. et hec nra mbie som no al ue supphebit

DEUS · CONS · DEO ·

· BETHEL · VBI · VHYISTI · LAPIDE ·

꿈은 물질계와 정신계, 시간과 영원 사이를 중재한다. 야곱의 꿈에 천사가 오르내렸던 사다리는, 꿈꾸는 사람의 마음으로는 그러한 실재의 여러 세계를 오가는 것이 용이하다는 것을 상징하고 있다. 꿈이 세속적인 실재와 영적인 실재들 사이의 관계를 정립하면서, 하나의 세계로부터 또 다른 세계로 이어지는 길을 활짝 열어놓을 때, 시간은 철폐되고 과거와 미래에 일어나는 유사한 사건들이 동시에 감지된다.

〈야곱의 꿈〉, 《램버스 성서》, 12세기, 영국

이기적인 자아가 둘러쳐놓은 장벽이 낮아지게 되는 잠자는 시각에, 꿈을 꾸는 지각은 의식적인 자아의 합리적인 세계 저편 너머까지 연장된다. 이집트인들은 도로와 길의 신인 베스(Bes)를 불러 꿈꾸는 자를 가위눌리게 할지도 모를 알 수 없는 힘을 막아달라고 부탁했다. 그래서 이집트인들은 이 신의 형상을 목침에 새겨 베개로 사용했다. 여기서 베스는 칼을 들고 있는데, 네 번에 걸쳐 거듭 반복하여 조각되어 있다. 이 신은 의식 저편의 힘을 의인화할 뿐 아니라, 의식의 세계와 꿈속의 미지의 세계 사이에 놓여 있는 문지방을 지킨다고 한다.

〈베스〉, 석회석 양각, 기원전 3~1세기, 이집트

그리스인들의 잠의 신인 히프노스(Hypnos)는 죽음의 신과는 쌍둥이 형제인 동시에 혼돈(Chaos)의 딸인 밤의 여신의 아들이다. 무지몽매한 영혼의 출처로부터 한 세대 떨어진 곳에 꿈나라의 백성인 수면과 그의 형제들은 비존재의 적대적인 세계에 가까운, 이를테면 진짜 세계의 맨 가장자리에서 살고 있다.

〈히프노스〉, 청동 조각품의 머리, 기원전 4세기경

수 세기 동안 인도의 철학적 전통은 꿈을 꾼다는 게 층층 구조를 이루고 있는 영혼과 정신적 우주의 필요 불가결한 부분일 뿐만 아니라, 실재에 대한 망상이 체험될 수 있고 지각될 수 있는 의식의 잠재적인 영역이라고 이해했다.

보살의 서원이라 할 진언(眞言, Mantra)인 옴(AUM 또는 OM)은 의식의 네 단계를 이해하기 위한 모델이다. 이 네 단계란 깨어 있는 상태, 꿈의 상태, 꿈을 꾸지 않고 깊이 잠든 상태와 이들 세 상태를 포함하는 동시에 초월하는, 말로 표현할 수 없는 상태다. 아움(AUM)이라는 글자는 각기 앞의 세 단계를 환기시켜주며, 이 세 글자를 한데 합친 옴(AUM)은 이 세 단계를 한데 결합하는 동시에 초월하여 네 번째의 단계를 만든다.

<옴>천 위에 그린 구아슈(고무 수채화법), 18세기, 인도

캘리포니아의 추마시(Chumash) 인디언이 상세히
그려놓은 밀교적인 이론들의 의미는 불행하게도 완
전히 이해할 수는 없다. 그러나 추마시의 샤먼들이
깨어 있는 상태에 대해서는 물론 꿈을 꾸는 것까지
도 꿰뚫어보고자 시도했던 사실은 잘 알려져 있다.
그들은 이 만다라(Mandala) 도해에서 그들 영혼의
여행을 형식화하여 표현하고 있다.

〈추마시 족의 동굴 벽화〉, 켐벨 그랜트가 복사, 미국
캘리포니아

꿈이 신성한 계시의 원천이라고 보는 생각에서 결국 문화적 변혁이 야기되었고, 역사적 사건에까지 영향을 미치곤 했다. 예언자 마호메트의 친구 중 한 사람인 압둘라 벤 자이드가 꾼 꿈은 기도 시각을 알리는 소리로 제도화되었으며, 오늘날 전 이슬람 세계를 통해 하루 다섯 번씩 들을 수 있다. 최초의 무에진(muezzin, 이슬람교의 기도 시각을 알리는 사람)인 빌랄(Bilal)은 압둘라 벤 자이드가 꿈에 들은 이 말, 즉 "알라 이외에는 어떠한 신도 존재하지 않으며, 마호메트는 바로 그의 예언자이시다"라는 말을 반복하도록 배웠다.

이슬람의 기도 시각을 알리는 무에진

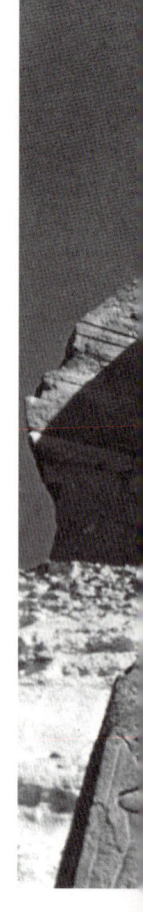

토트모시스 4세가 아직 파아로(왕)가 되기 전, 어느 한낮에 잠시 쉬려고 위대한 신 헤르마키스(기제의 스핑크스)의 그늘 아래 다리를 펴고 누웠다. 그는 이내 잠이 들었고, 해가 중천에 떠오를 때쯤 꿈을 꾸었는데, 신이 몸소 입을 벌려 그에게 자신의 몸 위에 쌓인 모래를 깨끗이 치우고, 자신의 신전을 돌봐달라는 명령을 하면서, 그렇게 해주면 이집트의 왕위를 보장해주겠노라고 약속했다. 후에 토트모시스는 자기가 꾼 꿈과 그 꿈이 성취된 것을 기념하기 위해 스핑크스의 가슴 부분에 석판을 대었는데, 그 석판에는 신을 경배하는 그의 모습이 두 번씩이나 나타나 있다.

〈기제의 스핑크스〉, 기원전 2620년, 이집트

William Blake –
I suppose it to be a Vision

Indeed I remember a
conversation with Mr Blake
about it

Frederick Tatham

"혼령이나 환상은 현대 철학이 가정하듯이 뭉게뭉게 피어오르는 노을이나 하찮은 것이 아니다. 혼령이나 환영은 유한하고 소멸하는 인간이 만들어낼 수 있는 온갖 것을 초월한 형태를 띠고 세밀하게 표현된다. 자신의 육안이 볼 수 있는 것보다 더 강하고 더 뚜렷하게 볼 수도 없고, 더 강렬하고 더 밝게 상상할 수도 없는 사람들은 전혀 상상을 하지 않는다." - 윌리엄 블레이크

윌리엄 블레이크의 그림, 19세기 초, 영국

Im 1525 Jar noch dem phingstag zwischen den Mitwoch und pfintztag In
der nacht hab ich dits gesicht gesehen wÿ vil grosser wasser vom himell fielen Vnd das erst traff das ertrich
bei 4 mile von mir mit einer sölchen grausomkeitt mit einem überauß groſſen rauschen vnd
zersprützten vnd ertrenckt das gantz lant In sölchem erschrack ich so gar schwärlich das ich daruon erwachet ee
den die andern wasser fielen Vnd die wasser dÿ do fielen dÿ woren fast gros vnd der fiel ettliche weitt ettliche nöher
vnd sÿ komen von so großer höhe herab das sÿ Im gedunckt gleich longsam fielen Aber do das erst wasser das
das ertrich traff schie hernoch bei komen sÿ mit sölcher geschwindikeitt wint vnd brausen das ich also erschrack do ich
erwachet das mir mein gantzer leib zittert vnd long nit recht zu mir selbs kom Aber do ich am morgen auff stund
molet ich hÿ oben wie ichs gesehen hett Got wende alle ding zum besten

A D

"1925년 성령 강림제 다음 주 수요일과 목요일 사이에, 나는 밤새 하늘에서 봇물이 터지는 환영을 보았다. 첫 번째 쏟아진 봇물은 약 6.4킬로미터가량 떨어진 곳에 무시무시한 속도로 요란한 소리를 내며 쏟아져내렸는데, 온 세상을 물바다로 만들어버렸다. 나는 기절초풍하다시피 다른 물기둥들이 쏟아지기 전에 눈을 뜨고 말았다. 쏟아지는 물의 양은 엄청나 홍수를 이루고 있었다. 어떤 물기둥은 좀 더 먼 곳에, 어떤 물기둥은 좀 가까운 곳에 쏟아졌다. 이들은 까마득히 먼 하늘 끝에서 내려오는지 떨어지는 속도가 일정한 것 같았다. 그러나 최초의 물기둥은 어찌나 빠른 속도로 떨어졌는지 땅에 떨어지는 순간 회오리바람이 일며, 산지 사방이 울리는 것 같았다. 놀라 깨었는데도 온몸은 사시나무 떨리듯 떨렸고, 한동안 정신을 차릴 수가 없었다. 아침에 일어나자마자 나는 내가 본 것을 여기에 그대로 옮겨놓는다. 신은 만물을 뜻대로 바꿔놓으신다." – 알브레히트 뒤러

알브레히트 뒤러의 노트에서 발췌한 그림, 1525년, 독일

화가이자 시인이고 승려였던 콴휴(Kwan Hiu)는 꿈에 만났던 일련의 불교 성자들의 그림을 그렸다. 이들 존경해 마지않는 인물들을 그리기에 앞서 그는 매번 기도를 올리고, 꿈에서 영감을 얻었다. 그의 인물화는 순전히 머릿속에서 그려진 것이었으므로, 성자들에 대한 기존의 인물화들과는 전혀 닮은 데가 없었다. 그가 그린 그림들을 보관하기 위해 꿈에 만난 아라한들의 넓은 대청이 세워졌다. 사만타 바드라 보살(보현 보살, Boddhisattva Samantabbadra)은 오늘날 흔히 볼 수 있는 전통적 인도 왕자의 모습을 하고 있지 않다. 승려로 가장한 사만타 바드라의 이 모습은 스타일 면에 있어 혁신적이라 할 수 있다.

콴휴의 묵화, 세밀화, 9~10세기, 중국

The Portrait of a Man who instructed
Mr Blake in Painting &c in his Dreams

Imagination of a Man who Mr Blake h

화가이자 시인, 몽상가였던 윌리엄 블레이크는 꿈과 환상의 존재론적 실재를 강조했다. 블레이크가 '꿈에 그림 그리는 걸 지도해준 사람'인 '영원한 친구'(그림 이미지)는 어찌나 섬세하게 그려졌는지 다른 사람들조차 이 세계의 면모를 엿볼 수 있을 것이다. 블레이크는 영원한 세계를 열고, 인간의 내부에 있는 불멸의 눈을 떠 사고의 세계, 즉 영원을 바라보게 하는 것이 자신의 큰 과제라고 선언했다.

윌리엄 블레이크의 연필화, 존 린넨의 복사품, 1819년경

신비스럽고 황홀한 꿈의 경험을 형식화하거나 나타내는 언어는 지극히 사사롭고 비밀스럽다. 이러한 언어는 꿈속에서 경험했던 원래의 느낌을 재현하거나 기억해내는 데 도움을 준다. 19세기 아메리카의 많은 인디언 부족 간에 유행했던 유령 춤 동작은 환상적인 경험을 하도록 북돋아주고, 내적 실재들에 대한 개개인의 감수성을 계발하는 데 도움을 주었다.

의식을 거행할 때 사용되는 복장의 밑그림(디자인)은 꿈을 꾸다가 또는 황홀한 경지에 몰입하다가 영감을 얻어 마련했다. 아라파호 인디언의 복장에서는 꿈을 꾼 주인공이 변화무쌍한 감각적인 세계를 상징하는 초생달 밑의 빛과 어둠 사이에 서 있는 것으로 표현되어 있다. 물질적 존재를 상징하는 거북이가 정신의 드높임과 초월 그리고 자유를 상징하는 새들과 균형을 이루고 있다. 별들은 어둠에 대항하려 애쓰는 인간 정신의 일면을 상징한다.

유령 춤 제의를 치를 때 입는 아라파호 인디언의 의상, 1890년, 미국 오클라호마

신비스러운 꿈의 찬란한 면이 〈할머니의 꿈(Granny's Dream)〉이라는 제목이 붙은 누비 덮개에 잘 나타나 있다. 가운데의 붉은 십자가로부터 일련의 떨리는 듯한 색채의 문양들이 밖으로 확산되고 있다.

19세기 전통 문양을 본뜬 아미시 누비 덮개, 미국

오늘날 서구 예술의 뚜렷한 경향 가운데 기본적인 것은 꿈의 중요성을 정식으로 인정하고 있다는 점일 것이다. 장 아르프는 자신의 초기 양각 작품들을 '꿈속의 조형 작품'이라고 묘사했다. 그는 다음과 같이 말한 바 있다. "이성은 사람으로 하여금 자연 위에 서서 모든 사물의 척도가 되라고 일러준다. 이렇게 해야 사람은 자연의 법칙에 따르지 않고도 살 수 있고, 또 창조해낼 수 있다고 생각하는 모양이다. 그러나 우리가 만들어내고 있는 것은 무엇인가? 순 엉터리가 아닌가? 인간은 척도를 지니지 않은 자연과 같아야 한다. 꿈꾸는 자는 달걀을 집채만 하게 만들 수도 있다."

〈날개 달린 형상〉, 장 아르프의 양각, 1925년, 프랑스

앙드레 마송은 많은 작품을 황홀한 무아지경 속에서 만들어냈는데, 그러한 무아지경에 들어가기 위해 여러 가지 방법을 도입했다고 한다. 그는 작업에 임할 때 작업에 도움이 되도록 '혼자 흥얼거리는 말들'을 큰 소리로 되뇌이곤 했다. 이를테면 '매력', '변성', '소용돌이' 같은 말들이 바로 그것이며 게다가 노래도 불렀다. 이러한 방법으로 그려지는 데생이나 회화는 의식의 검사나 통제가 없을 때 마음속에 스쳐가는 것들을 표상한다고 볼 수 있다. 초현실주의의 이론가인 앙드레 브르통은 이러한 과정을 꿈꾸는 상태와 매우 가까운 '심리적 자동 현상(Psychic Automatism)'이라 불렀다.

〈현관〉, 앙드레 마송, 1925년, 프랑스

andré Masson
1925

허비 드 생 데니스는 자신의 경험을 언어로 또는 그림으로 자세히 기록하고 있다. 그는 비몽사몽적(Hypnagogic) 환상들(잠이 들거나 깨어나려는 상태에서 본 이미지들)을 빛의 바퀴, 뱅뱅 돌아가는 조그만 태양들, 떠오르고 가라앉는 오색빛 방울들, 서로 가로지르고 꼬이고 하다가 둘둘 말려 원이 되는 밝은 색 선들, 마름모꼴 및 기타 기하학적인 형태들로 묘사하고 있다.
《안내인의 꿈과 방법》의 권두화, 마르케 허비 드 생 데니스, 1867년, 파리

현대를 살고 있는 신비주의자 오피엘(Ophiel)이 묘사한 색상이
다. 우리가 새로이 개발한 내적인 천리안을 가지고 성층계(星層
界, Astral Plane)에 발을 들여놓았을 때 볼 수 있는 색이다. "제
일 먼저 나타난 것은 칠흑 같은 어둠이다. 다음에는 그 어둠을
통해서 색들이 서서히 나타나기 시작한다. 어둠은 점점 옅어
지면서 사라지고, 색들은 밝아지기 시작하는데, 급기야 눈부
신 순백색의 성광(聖光)으로 화하고 만다.

〈성광(聖光)〉,《유체의 투사 기법과 실행》의 표지화, 오피엘,
1961년, 뉴욕

꿈은 서로 다른 층의 실재들 사이에서 중재자 역할을 한다. 그리고 변천 과정은 빛의 세계로 올라가거나 또는 어둠의 세계로 내려가는 이미지들로서 긍정적 또는 부정적으로 넌지시 알려질 수 있을 것이다. 꿈꾸는 상태에서의 심적인 공포와 상징적인 죽음을 그대로 받아들임으로써 자아를 철저히 재구축하는 일이 가능했는데, 이에 대한 지식은 그린란드로부터 말레이시아에 이르는 수많은 샤머니즘적 전통 속에 보존되어 있다. 축치 부족은 중간 영역인 땅과 지옥, 하늘을 왕래할 수 있는 쌍방의 통행길을 훤히 알고 있었다. 이 지도는 그 길을 보여주는데, 도중에 길을 잃을 수도 있으므로 그 점을 우려해 만들어진 것이다. 새벽의 나라와 저녁의 나라 그리고 어둠의 나라로 이르는 길들이 모두 세계의 축인 북극성을 통과하고 있는데, 해와 달과 온갖 별들이 동시에 빛을 발하고 있다.

축치 족의 그림, 《르 마가쟁 피토레스크》에서 발췌, 1847년, 프랑스

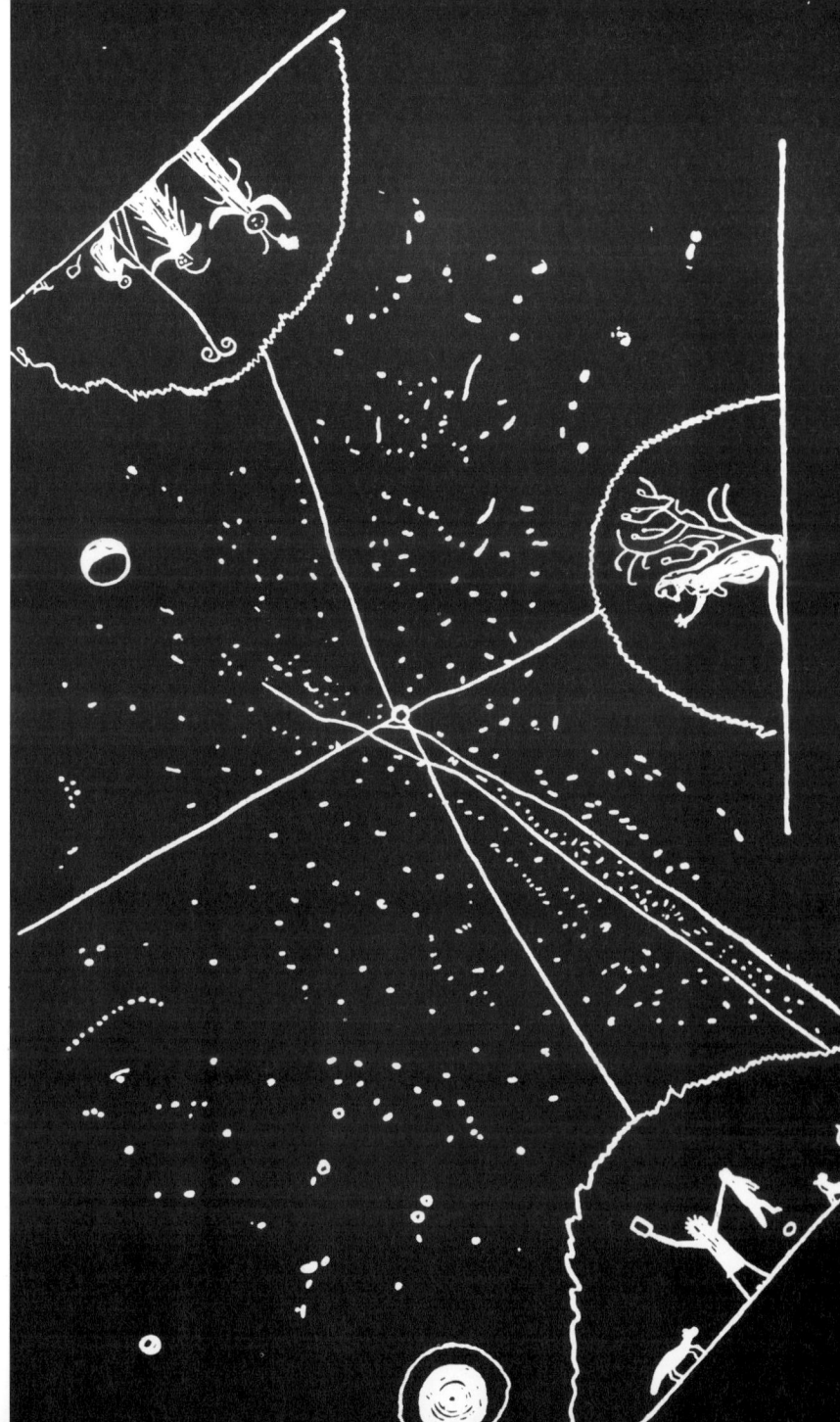

프랑스의 삽화가 그렁빌(Grand Ville)은 죽기 바로 전에 꿈에 본 것을 그렸는데, 이 그림은 절망과 혼돈의 생각들을 보여주고 있다. 축치인들의 방향 감각이라든가 나름대로 선택한 대안과 얼마나 많은 차이가 있는지 비교해보라.
〈죄와 벌〉J. J. 그렁빌의 동판화, 《르 마가쟁 피토레스크》에서 발췌, 1847년, 프랑스

하늘로 오르거나 나는 이미지들은 초월성 및 정신적 자유를 비유한다. 이러한 의미에서 시간과 공간을 철폐하고, 물질과 정신을 통일하려는 욕망을 나타내는 '날으는 꿈'은 모든 제한으로부터 자유로워지고자 하는 욕구나 가능성을 상징하는데, 인간 본성의 기본적인 부분이라 할 수 있다. 샤먼은 의도적으로 그러한 상태에 들어가려 시도하고 있다. 그의 의상과 몸짓은 새의 그것들을 흉내내고 있는데, 그가 둔갑한 것은 새인 것이다. 그의 영혼은 날개를 달고 있다.

〈날아다니는 사람〉, 수채화, 1585~1590년 경, 영국

우샤의 꿈속 비행에 대한 전설은
그녀의 임의적인 체험 이야기를 들
려주고 있는데, 꿈에서 날아다
니던 우샤는 일상적인 현실 세계에
서 증명할 수 있는 정보들을 가지
고 돌아왔다.

<우샤>, 《바가바타 푸라나》에서 발
췌한 세밀화, 19세기 초, 인도

잠을 자고 있는 이 사람은 꿈속에서 알지 못할 힘에 의해 가위눌리고 있다. 선잠을 자며 꿈을 꾸는 사람은 이러한 힘들과 마주치고는 하는데, 그때 그것들은 한패거리가 된다. 이성이 잠들 때는 괴물이 활개를 친다.

프란시스코 고야의 그림, 《로스 카프리초스》에서 발췌한 동판화, 1810~1815년경, 스페인

어떤 전통에서는 꿈을 꿀 때 정신을 똑바로 차리고 사리 분별을 하고, 자제력을 잃지 않는 것이야말로 해탈에 이르는 첩경이라고 가르친다.

〈꿈꾸는 아라한〉, 불교 족자화, 18세기, 중국

이슬람교의 몇몇 비밀 종파의 전통에서는 개인의 인격에는 일곱 가지 수준과 일곱 가지 발전 단계가 있다고 이야기하고 있다. 이 단계들을 '장정들'이라고 부르는 때도 있는데, 의식이 '잠잘 때'부터 '깨기'까지의 변형 단계들을 말한다. 일상의 실현되지 못한 의식은 정신적 지각의 다섯 기관인 '라타이프(lataif)'를 깨우는 것으로 묘사한 과정을 거쳐서 새로이 정립된다.

〈일곱 명의 잠자는 사람들〉, 《예언자들의 역사》 사본에 나오는 삽화, 니샤푸르, 1550년경, 이란

카샨에서 출토된 접시에 새겨진 그림에서는 무의식 상태에 있는 꿈꾸는 자가 깨어나려는 찰나에 있음을 보여주고 있는데, 이는 주위의 다섯 왕자의 모습으로 알 수 있다. 그의 꿈은 그 자신의 역동적이고, 직관적이며, 여성적인 면을 인식하고, 또 현상의 세계 너머에 있는 정신적 세계의 실재를 깨달음으로써 거듭날 수 있음을 암시하고 있다.

〈카샨의 질그릇 접시〉, 1210년경, 이란

잠의 신과 죽음의 신인 히프노스(Hypnos)와 타나토스(Thanatos)가 죽은 영웅의 시신을 운반하고 있다. 잠과 죽음은 쌍둥이로 동일 상태의 자아에 대한 두 가지 표상이다. 그것은 깨어 돌아다니는 것과 의식적인 꿈이 정반대 상태에 대한 다른 형식인 것과 마찬가지다. 이러한 수수께끼는 고대 이집트인들에 의해서 간결하게 표현되었는데, 꿈을 뜻하는 그들의 말은 '깬다'라는 동사에서 파생되었다.

〈히프노스와 타나토스〉, 에우프로나우스의《Attic Red-figure kulixkrater》에서 발췌, 기원전 520~510년, 그리스

인간 존재의 세 가지 정신적인 측면 중의 하나인 바(ba)가 쟈리부 새의 형상을 하고 금방 죽은 사람의 위에서 날고 있다. 바는 꿈을 꿀 때나 임종 시 육체를 떠나 자신의 영원한 거처인 정신적 영역에 머물게 되는데, 그때에는 또렷하고 역동적이며, 모험적인 성격을 갖는다고 한다.

〈바와 미라〉, 테베인의 사자의 책인《아니의 파피루스》에서 발췌, 기원전 1250년경, 이집트

《신약성서》에서는 예수의 잉태 사실이 요셉에게는 그가 꿈을 꾸고 있을 때 계시되었고, 마리아에게는 그녀가 깨어 있을 때 직접 통고되었다고 이야기하고 있다. 물론 이러한 성서적인 환상은 특정 종교적 전통에 따르기 위해 공식화된 것이지만, 신이 인간 본성에 가까이 접할 수 있다는 생각은 고대 세계에서는 널리 퍼져 있었다.

연금술사들이 만든 상징들을 보면, 변성(transmutations)과
정을 통해 자신들이 정신적으로 거듭나려 했던 노력을 엿볼
수 있다. 이러한 노력이 간혹 꿈으로 나타나기도 한다. 그 꿈
속에서 수수께끼 같은 우화적 인물들이나 사건들의 의미가
꿈꾸는 당사자에 의해 제대로 풀이되거나, 아니면 꿈속에서
등장하는 인물에 의해 설명된다. 《금속 변성에 대한 세 가지
꿈》의 저자는 자신이 눈을 뜬 채 꿈꾸고 있음을 보여주고 있
다. 이것은 자신은 깨어 있으며 정신이 또렷하다는 뜻이다.
꿈으로부터 깨어나는 자아를 보여주는 이와 유사한 이미지는
널리 알려진 기독교 전통에도 나타난다.

〈꿈꾸는 사람〉, 지오바니바티스타 나자리의 《Della
transmutatione metallica Sogni tre》에 나오는 목판화,
1599년, 브레시아

이방인으로서 아기 예수에게 최초로 경배하게 되는 동방의 현자들은 꿈에 신의 경고를 받았다. 마태는 현자들의 숫자에 관해 말하지 않고 있지만, 그들은 예로부터 세 명이라 알려져 왔다. 이들은 곧 인간 본성의 세 가지 측면, 즉 영혼과 정신 및 육신을 표상한다. 신의 천사가 별을 가리킬 때 그 현자들의 각성 상태는 제각기 달랐다. 동방 박사 이야기 중 두 가지 에피소드가 자아의 깨어남을 보여주는 이 그림 속에 나타나 있는데 변형되어 있기도 하다.

<성 나자로 교회에서 나온 지슬레베르투스의 기둥머리>, 아우툰, 12세기 초, 프랑스

깨달음의 여정에서 거쳐야 하는 단계를 표시하고 있는 꿈을 모든 문화가 기록하고 있다. 성 우르슬라의 소명과 순교 그리고 영광이 꿈에서 그녀에게 통고되었다. 마호메트의 예언자적 임무가 일련의 밤의 환상을 통해 그에게 계시되었는데, 그때 천사장 가브리엘이 그를 안내했다.

〈성 우르슬라의 꿈〉, 비토르 카르파치오, 16세기 초, 이탈리아

보이지 않는 힘의 상징이며 또 삶의 근원과 현상의 세계 사이를 오라락내리락할 수 있는 힘을 지닌 천사는 바로 인간 본성 가운데 들어 있는 초능력을 나타내는 것이라고 마호메트교의 신비주의자인 알 가잘리(al-Ghazali)가 말했다. 인간의 이러한 초능력과 속세적인 자아 사이의 교류로 인해 예언자들과 성자, 신비주의자들의 위대한 꿈 역시 가능한 것이다. 이 꿈 속에서 초월과 자유를 향한 잠재력이 한 전체 사회에 타당한 신화적 용어로 형식화된다.

〈마호메트에게 나타난 가브리엘〉, 《밤의 여행》으로부터 발췌, 하라트, 15세기, 이란

142

143

네부카드네자르 대왕이 잊어버린 꿈을 해몽하기 위해 궁정의 요술쟁이, 마법사, 점쟁이 등을 불렀을 때 다니엘은 '밤의 환상' 중에 신이 내려주신 영감을 얻어, 그 망각된 꿈의 정보를 정확하게 해몽할 수 있다.

〈네부카드네자르의 꿈〉, 《Speculum Humanae Sslvationis》에서 발췌, 15세기

뉴욕 근처에 살던 이로쿼이 인디언들은 꿈이 영혼의 언어이며, 꿈을 통해 영혼은 자신이 원하는 바를 표현한다고 믿었다. 꿈은 감추기도 하고, 드러내기도 한다고 여겼던 그들은 영혼이 간직한 자연스러운 욕망과 숨겨진 욕망을 알아내기 위해 특정 의식을 행했다. 물론 꿈을 꾸고도 그 내용을 잊어버린 경우에도 그러한 의식을 행했다. 꿈이 바라는 것을 만족시켜주기 위해 정기적으로 의식을 거행했다. 꿈의 내용을 잊어버린 자들을 위해서는 마을 단위로 일 년에 두 번 옥수수 잎사귀를 엮어 만든 탈을 쓰고 행하는 '꿈 알아맞히기' 행사를 벌인다.

〈이로쿼이 족의 탈〉, 1915년경, 뉴욕

꿈은 보이지 않는 잠재력과 경험적 실재 사이에서 중재
역할을 한다. 보이지 않는 세계가 모습을 나타내고, 물
질세계 속에서 구체적으로 표현되어 행동으로 나타나게
되는 과정은 고도의 수준에서 일어난다.
〈동정녀 마리아의 꿈〉, 시모네 데이 크로치피시, 14세
기, 이탈리아

장차 지복자(至福者)의 어머니가 될 마야 부인의 꿈은 불타의
참된 잉태이고 화신이다. 동정녀 마리아의 꿈도 이와 마찬
가지로 그리스도의 참된 잉태와 화신이었다. 시간의 테두
리 밖에서는 물질이 정신과 화합하고, 영원한 것이 역사 속
으로 들어가거나, 역사를 바꾸기도 한다.
<마야 왕비의 꿈>, 10세기경, 중국

꿈의 상태가 물질세계와 정신세계를 이어준다는 생각은, 도저히 생각도 할 수 없는 것을 있을 법한 일로 믿도록 조장하는 사회들이 갖는 특징이다. 실재를 궁극적 전체로 파악하는 그러한 지각은 정교한 표현으로 도식화되기도 한다. 샤먼의 북에 그려진 도해는 삼계(三界)의 중심을 통과하는 샤먼의 우주 여행을 안내하는 지도다. 북 그 자체는 우주에 명을 내리는 원초적 소리를 나타내며, 황홀 상태를 유도하여 황홀 상태에서 꿈속의 여행이 의식적으로 반복되게 할 수도 있다.

라프 샤먼의 북

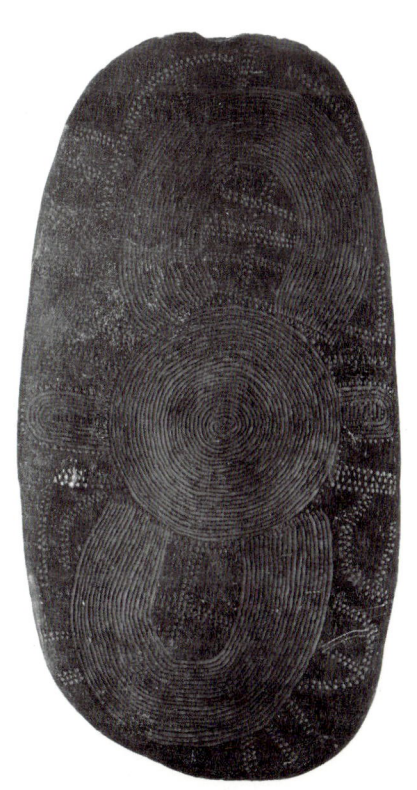

오스트레일리아인들은 영원한 꿈의 시간을 인간과 자연이 지금과 같은 모습을 취하게 된 시대로 여긴다. 그러나 꿈은 현재적이며, 현세의 역사적 사건들과 어쩔 수 없이 얽혀 있다고 한다. 추링가(Churinga)는 시간의 테두리 밖에 존재하는 자아의 부분이라 할 개체(개인)의 영적 실재의 시각에서 관찰된, 꿈을 꾸는 시간에 벌어지는 사건들에 대한 비밀스럽고 성스러운 밀교적 지도다.

<추링가>, 갈리아 족, 중앙 오스트레일리아

세상 전체가 말똥말똥 눈을 뜬 채 꿈을 꾸는 자의 꿈으로
이해될 수도 있을 것이다. 이러한 상태의 꿈에서는 실재
인지, 비실재인지 따진다는 게 불필요할 것이다. 세계의
정신적 측면이나 물질적 측면이 공존하고, 동시에 지각
되고 창조된다. 원천에서 흘러나온다는 것은 실현(實現)
된다는 것과 같은 것이 된다.

〈라스코 동굴 벽화〉, 구석기 시대, 프랑스

우주가 창조되는 신화적인 순간에 세계의 창조 원리는 꿈꾸는 신의 배꼽에서부터 자라난다. 이러한 생각은 인류의 역사와 함께 시작되었다고 할 만큼 오래되었는데, 오늘날의 샤머니즘 전통 속에도 그대로 남아 있다. 샤머니즘 전통에서 개개의 명인(名人)들은 의식적인 창조주의 역할을 떠맡는다. 그림에서 막대는 구석기 시대 샤먼의 자율성과 지력을 상징했는데, 샤먼은 꿈을 꾸어 원하는 동물을 찾아낸 다음 심령의 무기로 공격한다.

비슈누가 잠자는 동안 비슈누의 역할을 하고 있는 크리슈나, 구아슈 수채화, 18세기, 인도

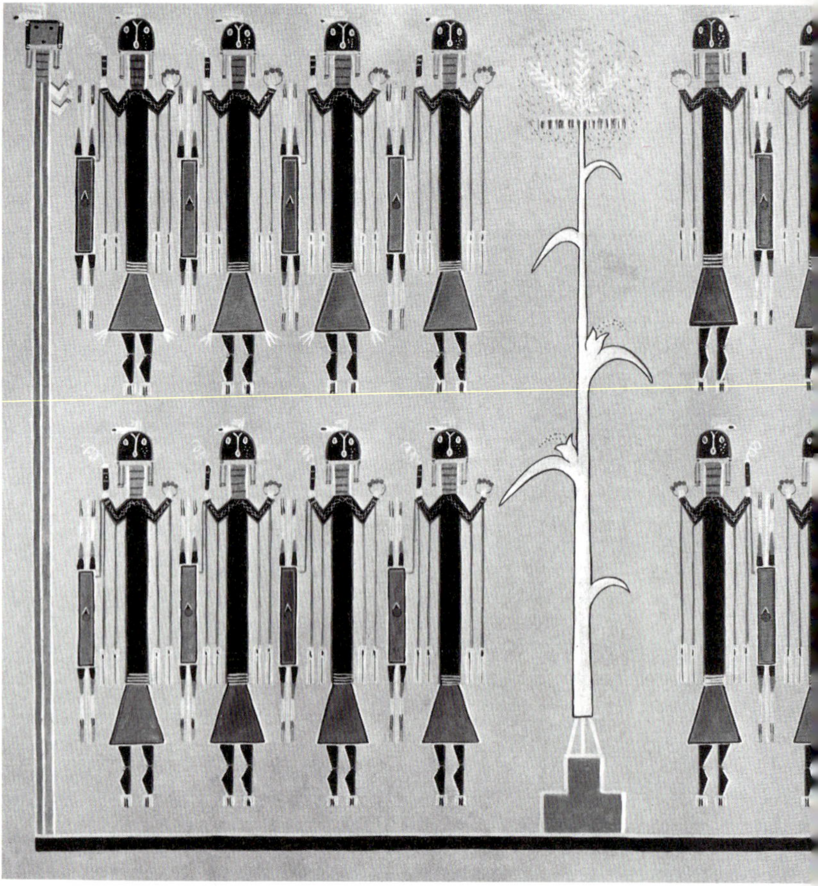

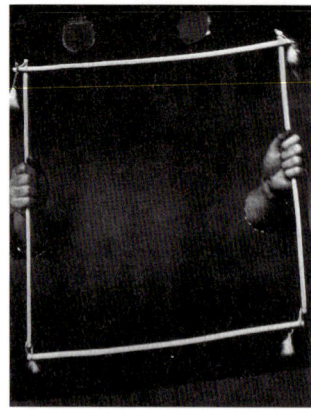

〈나바호 족의 밤길 찬가〉에서 나온 예비차이의 부적

신화는 꿈인데, 그 실재가 신성한 상태에 속하는 위대한 꿈이다. 이 위대한 꿈들은 제의와 의식으로 제도화되었으며, 제사와 의식은 그 자체 실재가 지닌 본래의 전체성을 재창조함으로써 시공의 장벽을 허무는 수단이 된다. 〈나바호 부족의 밤길〉 노래의 내용을 이루고 있는 신화들은 비타히니(Bitahini), 즉 꿈꾸는 사람의 꿈의 내용이나 환상을 기록하기 위한 것이다. 9일간에 걸쳐 행하는 갖가지 의식 −춤과 음악, 색채, 향, 비밀 처방, 탈, 모래 그림 및 치료−은 이러한 방법으로 그에게 계시되어진 것이다. 의식에 참가하는 모든 사람은 이 꿈의 세계에 나오는 주요 등장인물의 본질적인 속성들을 재창조한다.

의식에 등장하는 주인공 예비차이, 또는 '신들의 할아버지'는 호부(부적)를 교묘히 다룬다. 이 호부는 그가 스승으로부터 물려받은 것으로 일생 동안 지니고 있다가 다시 제자에게 물려줄 거룩한 물건이다. 네 개의 작대기로 이루어진 호부와 이것과 관련된 왼쪽의 모래 그림(Sandpaintings)을 보면 물질세계와 정신세계 사이에 가로놓인 심연을 깊이 이해한 데서 나온 것임을 짐작할 수 있는데, 이상적인 전체가 현세에 현현된 것을 상징하고 있다.

〈나바호 족의 밤길 찬가〉에서 나온 네 번째 모래 그림, 프랑스, J. 뉴콤브, 1932년 이전, 미국 뉴멕시코

광명과 광휘에 대한 이루 표현할 수 없는 체험을 많은 전통 속에서 꿈꾸는 자가 이야기하고 있다. 해탈을 하거나 깨달음을 얻는다는 것은 빛의 출처를 알아낸다는 것을 의미한다. 이 방패의 주제는 어떤 꿈의 증거로서 방패 소유자의 천상 수호자를 형식화하여 가르쳐주는 것이다. 방패는 자아가 정신적인 존재이므로 해함을 받을 수 없다는 인식을 상기시키기 위한 수단이다.

〈아파치 가죽 방패〉, 1860~1880년, 미국 뉴멕시코

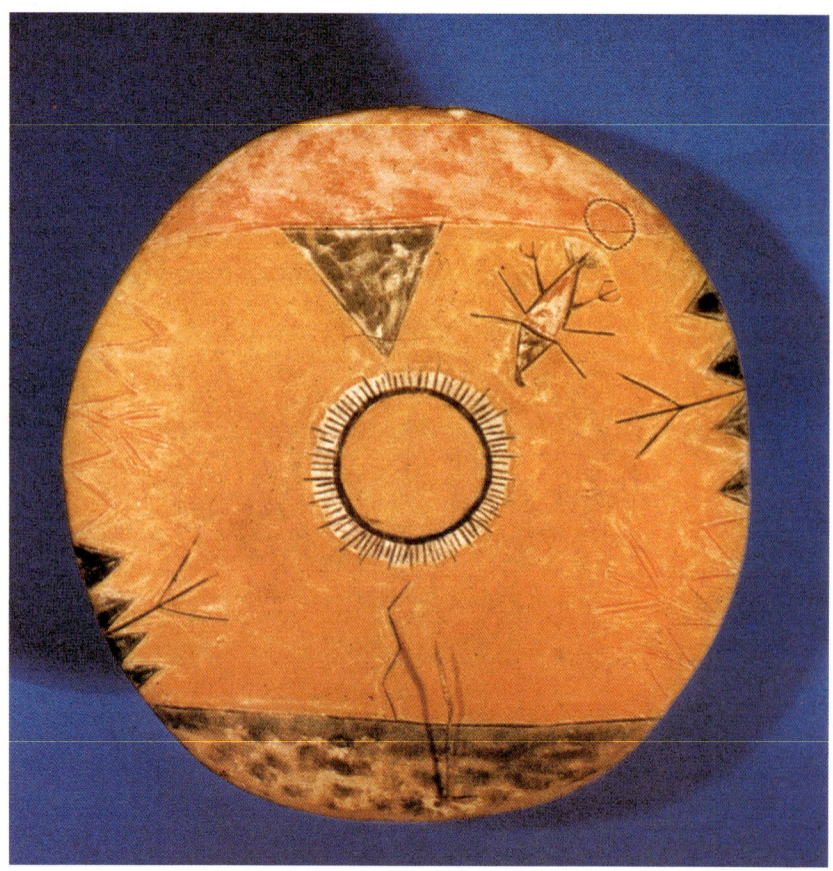

절대적 전체성에 대한 체험을 상징하는 동시에 궁극적인 상태에 다시 들어가기 위해 명상의 대상으로 사용되는 밀교의 그림.

원초적인 빛 종이 위에 구아슈 물감과 금색으로 그림, 18세기, 인도

생시와 마찬가지로 꿈속에서도 제정신을 잃지 않고 자제할 줄 아는 샤먼이 두 개의 동심원 한가운데에 그려져 있는데, 그 동심원은 정신의 세계 속에 감싸여 있는 일상의 현실을 표상하고 있다. 그러나 정신계 너머로는 샤먼 자신의 의식적인 통제나 역동성을 상징하는 속성들이 미지의 세계를 향하여 투사되고 있는데, 이는 모든 제한과 한계를 초월할 수 있는 가능성을 암시한다.

〈에스키모의 나무로 만든 탈〉, 미국 누니바크 섬

티베트의 사원들은 망상적인 세계의 여섯 구역을 바퀴의 형상으로 그림처럼 보여주는 표상들을 지니고 있다. 바퀴 속의 분절들은 이기적인 의식(ego-consciousness)을 참된 의식과 그릇됨이 혼돈함으로써 빚어진, 망상이 만들어내는 세속적이고 무지한 존재의 주요 여섯 가지 형태를 나타낸다. 구도자는 한층 미묘한 꿈 상태에서 빚어지는 명상을 탐구하러 떠나기에 앞서, 깨어 있는 상태에서 빚어지는 망상을 이해해야 한다. 꿈의 망상적인 성격은 한층 더 이해하기 어려운데, 그 이유는 꿈의 비물질적 성격 자체를 꿰뚫어보아야 할 배후의 망상으로 생각지 못하고 피상적으로, 꿈의 비물질성을 비실재성과 같다고 생각할 가능성이 높기 때문이다. 패러독스를 충분히 파악한다는 것은 죽음과 재생의 끝없는 굴레로부터 벗어나는 길에 결정적인 발걸음을 내딛는 것임을 표시한다.

<생명의 바퀴>, 목판화, 20세기 초, 티베트

사파 산과 메바 산 사이에서 잠이 든 예언자 마호메트는 우주의 신비에 입문하는 위대한 꿈을 꾼다. 즉, 그의 밤의 여행인 '라이라탈 미라주(Lailatal Miraz)'가 시작된 것이다. 그때 천사장 가브리엘이 사람 얼굴을 한 은빛 말 엘부라크를 이끌고 그에게 다가오고, 이 말은 순식간에 예언자를 세계의 중심인 예루살렘으로 실어다주었다. 지옥의 나락으로 내려가는가 하면, 천상의 일곱 영역에 오르기도 했는데, 이 일곱 개의 하늘나라는 존재의 일곱 단계에 해당한다. 그는 은빛 바다를 지나 급기야 신에게 도달한다. 맑은 정신으로 황홀경을 맞는 그는 인간이 다다를 수 있는 가장 높은 단계에 이른 것이다.

〈예언자 마호메트의 승천〉, 니자미의《함세(Khamsh)》에서 발췌, 6세기, 인도,

PART
3

주 제 별 로   살 펴 보 기

꿈의 체계

인간의 사회는 저마다 꿈에 대해 각기 다른 가치와 기능을 부여한다. 물질적인 세계를 궁극적인 실재로 간주할 때 꿈은 상상이나 생리학적 현상으로 격하된다. 그러나 비물질적인 또는 정신적인 것이 우선적으로 중요한 의미를 갖게 될 때 꿈은 그 자체로서 높이 평가된다. 내적 및 외적인 지각 활동을 통합하려 시도하는 개념적 체계는 꿈의 생활과 깨어 있는 생활을 한데 결속하는 의식적 깨달음의 연속성을 강조한다.

〈야곱의 사다리와 꿈을 의인화한 그림〉, 바흐스무트의 판화, 케사레 리파의 《아이코노로기아》에서 발췌, 1758~1760년, 독일

이 도식적 표상은 우리가 꿈을 꾸는 것이 생리학적 근거에 의한 것이라는 아리스토텔레스의 의견에 기초해 그려진 것이다《침울성의 해부학》(1622)에서 로버트 버튼은 다음과 같이 주장했다. "상상력이란 지금 있거나 없는 사물에 대해서, 보통의 감각이 지각한 종류의 것들을 보다 충분히 검토하고, 머릿속에 다시 떠올리거나 새로이 자기의 것으로 만듦으로써 그것들을 훨씬 오래 간직하는 내면의 감각이다. 잠을 잘 때 이 기능은 자유분방해져서 간혹 괴상하고 모순투성이의 형상을 품기도 한다. 꿈꾸는 기관은 두뇌의 가운데 세포다. 꿈은 기질이나 섭생, 활동 영역, 주위 환경 등에 따라 다양하다.

꿈을 꾸게 되는 과정의 도해: A-인식 진행 방향, B-꿈의 진행 방향, C-육체로부터의 영향, D-별들로부터의 영향(별들은 육체를 통해서만이 여향을 미친다), E-이성적인 영혼으로부터의 영향

그레고리우스 레치의《Margartia mund》(스트라스버그, 1504), 폴 디프겐의《중세의 꿈과 꿈의 의미》(베를린, 1912)의 설명을 따름

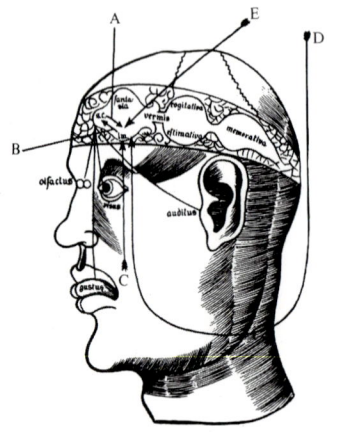

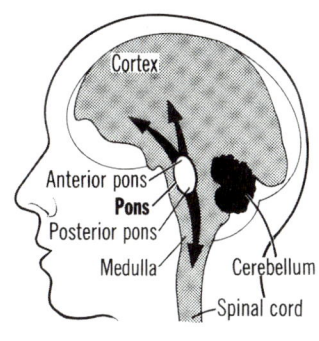

꿈을 생리적인 조건 반사로 규정하는 이론은 꿈의 생물학(Dream Biology)에 근거한 최근의 실험적 작업들의 기초가 되고 있다. 미셸 주베는 뇌 속의 접합부(Pons)를, 꿈을 꾸는 동안 근육의 자극을 막아 육체가 꿈의 내용을 행동으로 옮기지 못하도록 정지시키는 뇌의 중심 부분이라고 규명했다. 주베는 또 사람들이 자주 꾸는 꿈은 각기 다르다 할지라도 보통의 꿈들 저변에 깔려 있는 본능은 어느 누구의 경우에나 같으며, 꿈의 기능은 이들 본능을 실행하는 것이라고 암시한다.

《선데이 타임스》에서 발췌, 1973년 9월 23일, 런던

인도인의 전통은 생시의 '실재'와 비교되는 꿈의 '실재'가 지닌 패러독스를 포함하고 있었다. 그들은 이 두 실재를 궁극적으로 망상의 상태로 치부하고 있지 않은가? 깨달음을 얻기 위해서는 극히 중요한 주문(呪文, 만트라)이라 할 옴(Aum)이라는 글자로 나타내고 있는 의식의 예비적인 세 단계(깨어 있는 상태, 꿈의 상태, 꿈을 꾸지 않는 깊은 잠의 상태)를 간파해야 한다. 구도자는 이들 세 상태를 의식의 단절 없이 맑은 정신으로 끝까지 통과해야 한다.

〈옴〉, 아나가리카 고빈다의 《티베트 신비 교단의 토대》에서 발췌, 1960년, 런던

밤의 신 닉스(Nyx)가 어린 쌍둥이 잠(Hypnos, 히프노스)과 죽음(Thanatos, 타나토스)을 팔에 안고 있다. 꿈의 신인 모르페우스(Morpheus)가 연기가 피어오르는 뿔과 막대를 들고 내려오는데, 그것은 각기 거짓된 꿈과 참된 꿈을 상징한다. 그리스 신화에서 잠과 꿈 그리고 죽음은 계보상 혼돈(Chaos)의 손자들로서, 모든 올림피아의 신들이 태어나기 이전에 태어난 자들이다.

〈밤과 꿈〉, 빈센조 카르타리의 《Le imagini de I dei…》에서 발췌한 목판화, 1581년, 리옹

고대 이집트인들은 잠을 죽음의 예행 연습이라고 생각했다. 잠을 자는 동안 자아의 여러 측면들은 무시무시한 안내자의 호위를 받으며 천상과 지옥의 영역을 들락거리는데, 이 영역들은 영혼이 죽게 될 때 궁극적으로 가야 할 길이라는 것이다. 이곳을 지나는 길이 신화와 꿈에 근거해 지도로 작성되어 죽은 자의 발밑에 놓이게 되는데, 그곳에는 다음과 같은 안내문이 적혀 있다. "이 길로 가면 안 됩니다." 또는 "이 길은 산 자가 가는 길입니다."

〈아니의 파피루스의 한 장면〉, 기원전 1200년경, 이집트

꿈을 청하는 관습

특정 정령이나 신을 모시는 신성한 장소에서 잠을 잠으로써 꿈을 얻는 것과 같은, 꿈 청탁 관습 (dream incubation)은 널리 퍼져 있다. 불교가 전래되기 전 히말라야인들의 토착 종교인 본 (Bon)교를 믿었던 티베트 인이나 네팔 인 그리고 수많은 아메리카 인디언 문화에서는 꿈을 청하는 장소로 천연의 장소, 이를 테면 산봉우리나 성스러운 산을 이용했다. 이러한 경우 꿈을 청한다는 것은 아마도 권력에의 지름길인 영적인 지식을 얻기 위한 수단으로 추구되었을 것이다. 후대의 문화들은 내적 경험에 대한 외적 증거로서 그러한 성스러운 장소에 사원이나 교회를 세워 표시를 해두었다.

기원후 2~3세기경 이집트와 그리스에서는 꿈을 청하는 관습이 성행했는데, 당시만 해도 이미 꿈을 단순한 육체적 병고의 치료 수단으로 이용하고 있었다. 대체로 이러한 의미에서 꿈을 청하는 관습이 사이프러스와 콘스탄티노플의 동방 정교회에서 지속되었으며, 투르의 성 그레고리의 말을 빌리면 프랑스 투르의 생 마리탱 성당과 보르도의 생 줄리앙 성당에서도 그 명맥이 유지되었다고 한다. 이러한 관습은 17, 18세기경 이탈리아와 오스트리아에서도 성행했으며, 레바논과 그리스, 인도, 북아메리카에서는 오늘날에도 행해지고 있다. 2세기경의 그리스 아스클레피온 신전에서 거행되었던 청정식(ritual Purification) 과정은 이미 논의된 바 있다.

아니아 테이아르가 들려주고 있는 다음의 예화는 아이를 낳지 못하는 아낙네에게 아이를 점지해주는 파르바티 여신을 모신 인도의 마하발리푸람의 한 신전에서 꿈을 청하기 위한 예비 의식과 청정식에 관한 이야기를 묘사하고 있다.

"시타 락시미는 전력을 다해 여신을 모셔야 할 의무가 있었다. 그녀는 하루에 한 끼와 저녁나절에 약간의 우유와 과일만을 먹었다. 아침나절과 저녁나절 그녀는 여신에게 자신의 청을 들어주십사 애원하며 여신의 이름을 수없이 부르면서 신전 주위를 108번을 돌았다. 혹시 덜 돌게되지나 않을까 저어하며 매번 돌 때마다 나무에 걸린 조그만 자루에 조약돌을 하나씩 넣어 횟수를 확인했다. 이러한 준비 기간은 6개월이나 지속되었다. 6개월째 되는 날 그녀는 신전을 마지막으로 돌았다. 이때는 걸어서 도는 게 아니라 울퉁불퉁한 자갈밭을 뒹굴며 돌아야 하는데 그 일을 혼자 해낼 수 없었으므로 그녀의 부모가 이를 도와주었다.

드디어 마지막 결정적인 순간이 다가왔다. 사제들이 시타 락시미를 신전 안으로 이끌고 갔다. 그곳 제단 뒤에는 돌로 된 장의자가 놓여 있었는데, 치성을 올리는 자는 그곳에 누워 성스럽게 잠을 청하며, 여신의 판정을 기다려야 한다. 딱딱한 장의자에 누운 채 그녀는 간곡하게 기도를 올리며 여신에게 애원하다 마침내 잠에 빠지게 되었다. 그리고 그녀는 꿈을 꾸었는데, 나이 많은 사제한 분이 청동 쟁반에 야자열매 4개를 가지고 그녀에게 왔다. 네 개의 열매 중 세 개는 크고 하나는 작았는데, 사제가 그걸 건네주면서 작은 야자 하나를 마당에 던져 깨뜨렸다고 한다. 사제들이 해몽해주기를 그녀는 네 아이를 낳을 것이나 그중 한 아이는 어려서 잃게 될 것이라고 했다."

《영의 차원》, 아니아 테이아르에서 발췌, 1916년, 런던

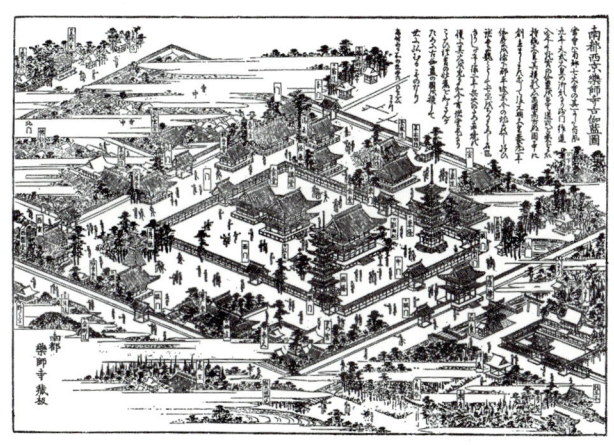

<치료의 대가인 야쿠시(藥師) 보살에게 봉헌된 신전>, 기원후 680년, 일본

<파르바티 여신에게 봉헌된 신전>,
기원후 700년경, 인도 마하발리
푸람

<히게이아 신전>, 고대의 탁몽 장
소, 이탈리아 시실리 팔레르모

〈라마부의 사원〉, 탁몽 장소, 모로코

〈탁몽 장소로 쓰인 교회〉, 그리스 티노스

꿈의 유발

의미 있는 꿈이나 바라는 꿈을 다양한 방법 이를테면, 고립, 금식, 주술, 제의, 약물 복용, 탁몽 또는 이러한 여러 가지 방법을 복합적으로 이용해 의도적으로 꿈을 유발할 수 있다. 아메리카 평원 인디언들 사이에서는 환상을 얻기 위해 특정 꿈을 꾸거나 꿈의 상태에 들어가고자 외진 곳에 가서 금식을 하며 기다리는 예가 일반적이었다. "인디언 소년은 14세나 15세가 되면 고적한 곳으로 가서 몇 날 며칠을 금식하며 보낸다. 그는 자는 동안 환상을 보게 되는데, 제일 먼저 꿈에 나타나거나 가장 많이 나타나는 형상을 그의 수호자 마니투(manitou)의 형상이라고 한다. 독수리나 곰은 전사가 될 운명을 나타내고, 늑대는 출중한 사냥꾼을, 뱀은 장차 무당이 될 것을 의미한다."

프란시스 파크만, 《인디언 미신》, 1866년, 세다르 폴스

동정녀 마리아의 아버지였던 성 요아킴은 고립과 금식이라는 방법으로 원하는 꿈을 유발했다는 점에서 일면 또 다른 예가 될 수 있다. 결혼한 지 20년이 지나도록 자식을 보지 못하던 요아킴이 예루살렘 성전에 제물을 바치러 가게 되었다. 그러나 고위직 제사장이 그의 제물을 가납하지 않고 그를 쫓아버렸다. "이스라엘에서 사내아이를 못 보는 자는 모두 저주를 받을지니"라는 성서의 말씀 때문이었다. 신전에서 쫓겨난 요아킴은 황야로 가 천막을 친 다음 40일 밤, 40일 낮을 금식하며 보냈다. 마지막 날에 이르자 천사가 나타나 앞으로 딸을 낳을 터인즉 이름을 마리아로 지으라고 그에게 말했다. (마리아 탄생에 대한 외경 복음서)

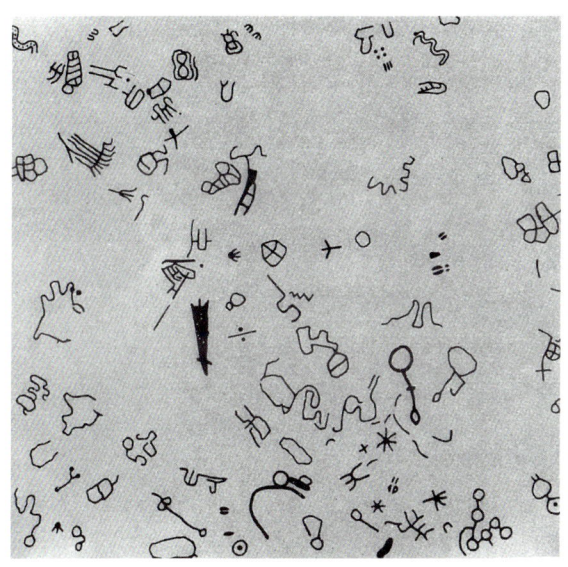

인도의 사두스(Saddhus) 족은 하시스(Hashish)를 이용해 강렬한 꿈을 꾸고자 시도했고, 동아프가니스탄의 누리스탄에 사는 이슬람교 이단자들은 포도주를 이용했으며, 미국 남서부 지방과 멕시코 지방에서는 황홀한 꿈과 환상을 얻기 위해 용설란 꼭지인 페이요트(Peyote)를 복용했던 것이 발견되었다. 텍사스에 있는 석벽 조각(Petroglyphs)은 인디언들이 제의를 행하며 용설란 꼭지(mescal button)를 먹고 만 하루를 잔 다음 일어나자마자 꿈에서 본 환상을 암석 벽면에 그린 것이다.

〈석벽 조각〉, 루이스 캐니언, F. 커클란트 복사, W. W. 뉴콤 주니어의《텍사스 인디언의 암석 예술》(텍사스 대학 출판부, 오스틴, 1938)에서 인용, 어스틴 텍사스, 텍사스 기념 박물관

유럽에서도 꿈을 유발하기 위해 마법의 물건을 사용했음을 이 목판화를 통해 알 수 있다. 지자 (Zizaa)라는 귀한 보석을 본 사람은 놀라운 꿈을 꾸게 된다고 했다.

《Ortus Santatis》에서 발췌한 목판화, 1491년

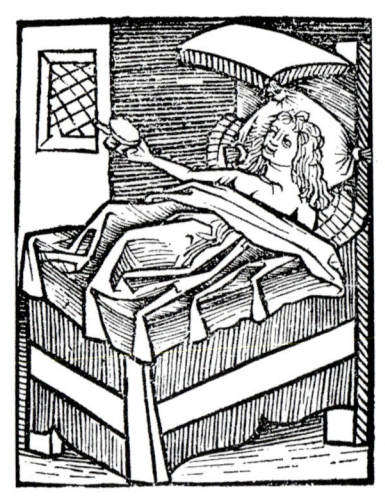

〈성 요아킴의 꿈〉, 조토, 14세기 초, 이탈리아 파도바 스크로베니 성당

테베와 일전을 치르게 될 것을 꿈을 통해 예견한 암피아라오스(Amphiaraus)는 훗날 신으로 떠받들어져, 오로포스에는 그에게 봉헌하는 신전이 세워졌다. 이 신전은 꿈을 유발하기 위한 또는 꿈을 해몽하기 위한 장소로 유명해졌다. 신이 자신에게 베풀어주신 능력에 감사하는 뜻으로 아르키노스(Archinos)가 세운 이 양각은 한 사나이가 사제의 간호를 받으며 잠을 자고 있는 모습을 보여준다. 그의 꿈속에서 암피아라오스는 그의 상처를 고쳐준다.

<오로포스에서 나온 서원 양각>, 그리스 아테네 국립 박물관

꿈의 해석

꿈을 실재라 생각한다면 해몽이 필요치 않을 것이다. 꿈이 비실재라고 생각해도 해몽은 필요 없을 것이다, 비실재적인 것은 보통 무의미한 것으로 이해되기 때문이다. 해몽이 필요한 까닭은 꿈이 실재와 비실재 사이에 자리 잡고 있다고 생각되기 때문이다. 즉, 꿈은 현실(실재)이긴 하지만 다른 종류의 실재, 이를테면 정신적인 또는 심적인 실재, 상징적인 또는 주술적인 실재라 생각되기 때문에 해몽이 필요한 것이다. 꿈을 풀이하기 위해 대다수의 사회에서 특정 계층 또는 직업적인 해몽가를 기르고 있다. 그들은 나름대로의 종교, 주술, 의학적 이론들을 동원해 고객 또는 환자들의 꿈을 설명해주고자 시도한다. 인도의 바라문 계급의 해몽가 (Oneitocritics), 일본의 온묘지(陰陽師), 유럽의 하시디즘 전통의 랍비들, 이집트의 파 해리 텝 (pa hery tep), 그리스의 탁몽 의식을 행하는 사제들 및 오늘날의 정신요법 치료사들은 바로 그들 각자의 문화적 체계 속에서 꿈 해몽가의 기능을 수행한다고 할 수 있다.

꿈에 대한 책의 발행도 이러한 사회적 기능의 연장으로 볼 수 있는데, 이러한 책의 저자들은 꿈의 이미지와 생시의 특정 대상들, 행위 또는 정서 간의 객관적인 상관관계를 다소 민족 중심으로 확립하고자 시도한다. 어느 일정 꿈 풀이 체계의 근본적인 오류는 이중적인 패러독스에 있다. 해몽을 바라고 찾아온, 꿈을 꾼 당사자는 심리적 통일성의 결여 때문에 괴로워한다. 그러나 그가 외부 사람의 해몽을 듣고자 할 때 그 갈등은 극복되기보다는 오히려 심화된다. 해몽가가 할 수 있는 최선의 방법은 당사자로 하여금 자신의 꿈을 충분히 이해하고 주관적으로 만족할 수 있는 해답을 발견하도록 가르치는 일뿐인 것이다. 또 다른 패러독스란 꿈풀이의 어떠한 체계도 자체적인 조건으로 그럴듯하게 기능을 발휘하고 있다는 점이다. 그래서 꿈을 꾼 사람이 특정 체계를 받아들여 자신의 꿈을 풀이한다면 그가 그에 따라 어떤 해몽을 내리건 옳은 것이다. 그리고 만약 어떤 해몽이든 옳다고 한다면 모든 해몽 역시 옳다고 해야 할 것이다.

불타의 어머니 마야 부인은 여섯 개의 어금니를 가진 눈부시게 하얀 코끼리가 자신의 자궁으로 들어오는 꿈을 꾸었다고 한다. 바라문들은 그녀의 꿈이 '넘쳐흐르는 기쁨'을 의미한다고 풀이했다. 즉, 마야 부인에게 아들이 태어날 것인즉 왕통을 이을 자로, 이 고결한 아이는 만인의 군주가 될 것이며, 삼계에 대한 연민의 정 때문에 자리에서 물러나 방랑하는 승려가 될 거라고 풀이했다.

<스투파에서 나온 화강암 양각>, 기원후 150~200년경, 인도 아마라바타

일곱 마리의 살찐 소와 일곱 마리의 야윈 암소를 본 파라오의 꿈을 요셉이 해몽해주었다. 이에 앞서 요셉은 파라오 궁정의 빵 굽는 사람과 술 창고지기가 꾸었던 꿈들을 해몽해주었는데, 그들은 비슷한 꿈을 꾸었음에도 불구하고 천양지차의 운명을 맞게 된다(창세기 40~41장).

<파라오의 꿈>, 성 루이스의 <시편>에서 발췌, 13세기, 프랑스 파리 국립 도서관

아스텍 인의 경우 해몽과 점술은 은밀한 일들을 가르치는 사제 계층인 '테오펙스퀴(Teopexqui)'
의 특권이었다. 마야인들 가운데서는 경청자라는 코코메(Cocome) 계급이 이러한 일을 담당했다.
이츠콜리우퀴가 어둠의 집 앞에서 제물을 바치고 있는 그림, 코스피아노 사본에서 발췌, 볼로냐

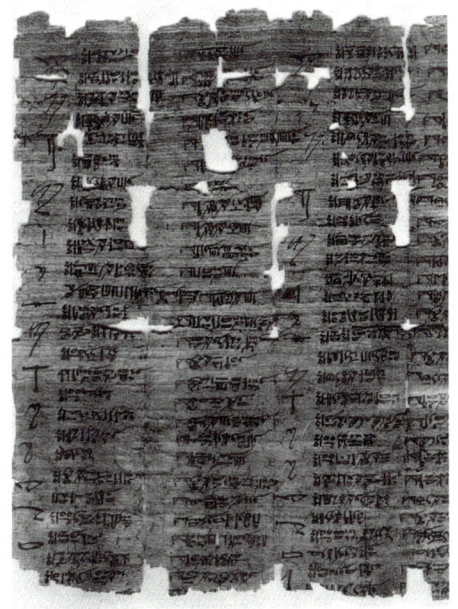

체스터 베아티 파피루스는 호루스 신을 섬기는 사제
가 풀이한 200가지의 꿈과 해몽 사례를 담고 있다.
세트 신의 사제에 의해 수집된 이와 유사한 꿈 해몽
집이 분실되었으므로, 이들 두 학파의 꿈 해몽이 어
느 정도 차이가 있었는지 알 길이 없다.

〈체스터 베아티 파피루스〉, 이집트, 기원전 1250년
경, 런던 대영 박물관

별 볼 일이 없는 내용들이긴 하지만 이러한 류의
책들(기원후 200년에 처음으로 등장)을 통해 꿈의 중요
성을 대중들도 널리 인식하고 있었음을 알 수 있다.

《꿈꾸는 자의 진실한 벗》, 1874년, 런던

꿈의 소산물(1)

인도 오리사 지방의 사오라(Saora) 족은 꿈에서 얻은 정보를 토대로 그들 집 담벼락에 신성한 그림을 그렸다. 이트알(Ittal, 쓰기)이라 불리는 이 그림 문자는 죽은 자에게 예를 갖추기 위해, 또는 병을 고치기 위해 그려진다. 그들은 영의 세계에 사는 주민이 이승의 사람들과 대화를 나눌 수 있는 상황을 만들고, 그것을 기리는 것이다. 이트알의 주제는 보통 이차원적인 직사각형 또는 정사각형으로 표상된 영적인 존재들을 위한 '집'이다. 담벼락에 그려진 이 축소형 신전은 전에는 일상적 활동이 벌어지는 세속적인 영역의 경계선 구실밖에는 하지 못했으나, 이제는 신성한 공간으로서의 구실을 잘 수행하고 있다.

이트알은 영적인 세계와 물질세계 사이의 애매한 경계를 좀 더 분명하게 하기 위해 벽을 변형시킨다. 이트알은 누구나 그릴 수 있다. 집주인은 꿈에 지시 받은 것을 그대로 그릴 수 있다. 그러나 꿈이 그림으로 옮길 수 있을 만큼 분명한 형상을 띠지 않았을 경우, 잘 알려진 전문가 이트알마란(Ittalmaran)에게 대신 꿈을 꾸어 그 형상을 확인하고 그려달라고 부탁한다. 그 예술가는 꿈이 나타날 때까지 그림을 그릴 벽 옆에서 아무것도 먹지 않고 잠만 잔다. 꿈이 나타나는 즉시 그는 재빨리 이트알을 그린다. 첫 번째 초벌이 대강 그려지면 무당을 불러 이트알을 가납할 주인공을 불러내도록 푸닥거리를 한다. 무당은 무아의 경지에서 이것은 잘 그려졌고, 저것은 고쳐야 한다고 혼백의 목소리로 말하면서 이트알의 최종 수정안을 제시한다.

H. V. 엘윈의 《인도 중부 지방 부족의 예술》에서 발췌한 삽화, 1951년, 옥스퍼드

이 이트알은 정신분열증을 일으킨 여인을 고치기 위해 잘리아숨 신에게 바친 것이다. 여인의 남편이 꿈에서 본 이 밑그림은 잘리아숨의 결혼 잔치를 보여주는데, 잘리아숨의 부와 권위를 한껏 과시하여 그 신의 비위를 맞추고 있다.
간잠 지구, 카투메루 마을의 집에서 나온 그림, 인도 오리사

이 그림 문자는 신이 사는 집과 아울러 남자 무당의 밤 여행과 관계되는 여러 가지를 함께 보여주고 있다. 이 이트알은 무당의 영적인 아내에게 경의를 표하기 위해 그려진 것으로 그녀는 무당과 성적인 결합을 하고 있다. 이는 한 몸을 이루고 있는 한쌍의 남녀로 그려져 있다. 이들의 결합이 창조와 관련된 것임을 코끼리를 타고 있는 두 명의 영적인 어린이들로써 암시하고 있다.
간잠 지구, 감루 마을의 집에서 나온 그림, 인도 오리사

여자 무당의 영적인 남편이 자신의 영적인 조력자와 조수들과 함께 있다. 아래쪽 오른편에 그려진 조그만 인물들은 꿈에 그녀를 찾아온 그녀의 영적인 자식들을 나타내는 것이다.
간잠 지구, 티사노 마을의 집에서 나온 그림, 인도 오리사

이 그림 문자는 죽은 남편의 혼을 달래기 위해 그려진 것이다. 그는 꿈에 나타나, 그의 아내가 만일 전문가를 모셔 영혼의 세계에 있는 자신의 상황을 이트알로 그려주도록 부탁하지 않으면 그해 농작물을 망치겠다고 협박했다고 한다. 이 그림은 신의 집과 남편의 혼이 타고 다니는 기차와 자동차들을 보여주고 있다.
오리사 지역에 있는 집으로부터 나온 그림, 인도

이 그림 문자는 남자 무당의 집에 그려진 것이다. 그는 두 명의 영적인 아내와 결혼했으나 마음이 맞지 않았다. 그러나 그는 꿈에서 그림에서 보는 바와 같이 그 두 아내들과 아주 만족하여 함께 살고 있는 커다란 집을 보았다고 한다.
코라푸트 지역, 카루바이의 무당 달리모의 집에서 나온 그림, 인도 오리사

188

이 그림 문자는 무당들과 그들의 영적인 짝꿍들과의 화기애애한 관계를 보여준다.

코라푸트 지역, 포타에 있는 집으로부터 나온 그림, 인도 오리사

꿈의 소산물(2)

북부 아메리카와 캐나다의 치페와(오리브웨이) 인디언들은 꿈을 꾸는 힘을 용의주도하게 키워왔다. "예전의 우리 조상들은 교육을 받지 못했다. 그들은 책이나 선생을 통해서 배울 수가 없었다. 그들의 모든 지식과 지혜는 꿈에서 얻었다. 그들은 자신들이 꾼 꿈을 실행에 옮기며, 이리저리 검토하면서 힘을 얻었던 것이다." 지혜와 지식 — 이를테면 병을 고치는 능력, 용기, 창조력 및 인간의 본성 가운데 가치 있다고 생각된 온갖 속성들 — 은 꿈이나 환상 중에 은총으로 내려졌다. 어린이들로 하여금 어릴 때부터 꿈을 꾸고 그 꿈을 기억하라고 독려한다. 치페와 인디언의 여인들 역시 의도적으로 환상을 체험코자 했는지는 분명치 않으나, 여인들 역시 자주 꿈속에서 '지혜와 지식'을 얻었다고 알려져 있다.

치페와 소년들은 사춘기에 이르면 홀로 경건하게 나흘 동안 금식을 하며, 자신의 장래 운명을 경험하기 위한 준비를 한다. 그 계시는 죽음을 무릅쓴 전쟁터에서나 불릴 노래의 형식으로 표현되어 꿈이나 환상으로 나타나곤 했다. 치페와 부족이 인디언 보호 구역에 강제 수용된 후 전쟁터에 나갈 일이 없어지자 그 노래들은 더 이상 불리지 않았다. 그러한 노래는 진귀한 힘의 보고라고 한다. 자기 자신의 힘이 서서히 파면당하는 것을 피하기 위해 써먹을 수도 없는 환상을 지닌 치페와 인디언들은 집에 특별한 장대를 세우곤 한다. 장대 끝에는 꿈에 보았던 비밀스러운 상징들 — 태양, 달, 별, 새 등등 — 이 그려진 깃발을 매달기도 한다. 집 앞에 그러한 장대가 세워진 것을 보면 사람들은 그 집에는 자신들의 노래를 부를 수 없게 되었지만, 병을 고쳐 주고 죽음을 직시할 수 있는 누군가가 살고 있다고 인정했다.

이 여인의 부적은 프란시스 덴스모아가 《치페와 음악》(워싱턴, 1910년)에서 인용하고 있는 치페와 인디언의 꿈 노래에 언급된 것과 유사한 꿈을 기억하기 위한 부적이다. "창공을/ 나는 걷는다네/ 새 한 마리를/ 나는 따른다네." 꿈의 노래와 꿈의 부적은 원래의 한껏 고조되었던 지각력의 순간을, 다시 말해서 성스러운 것과 직접 대화할 수 있는 순간을 재창조하기 위해 고안된 것이다.

〈화이트 어스에서 나온 치페와의 부적〉, 미국 미네소타

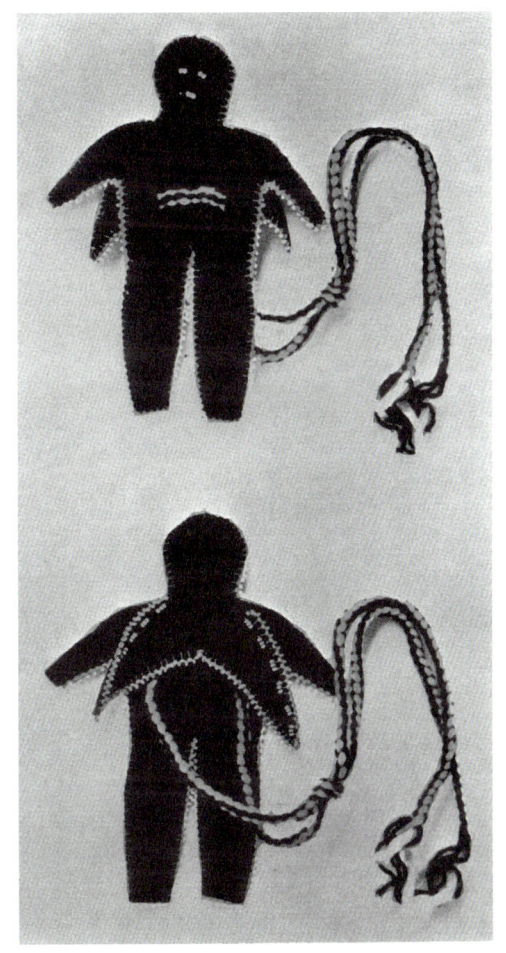

이 구슬 장식의 주제는 치페와 인디언 여인들이 꾸었던 '지혜와 지식'에 대한 꿈을 상징적으로
암시하는 것이다.

〈치페와 인디언 여인들의 구슬 장식〉, 미국 미네소타

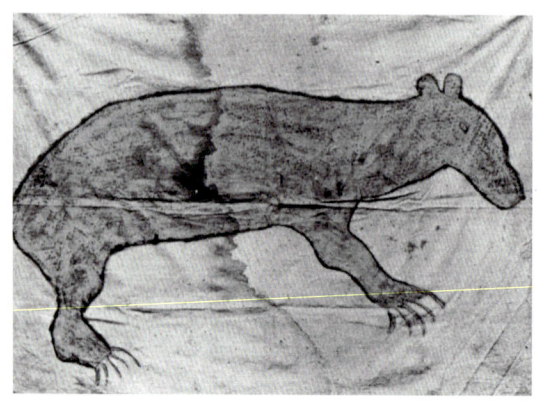

곰이 그려진 꿈의 깃발. 병
든 아내를 감싸기 위해 남편
이 사용했던 것이다.

〈꿈의 깃발〉 치페와 족, 미국 위스콘신 주 락 드 플램
보 마을

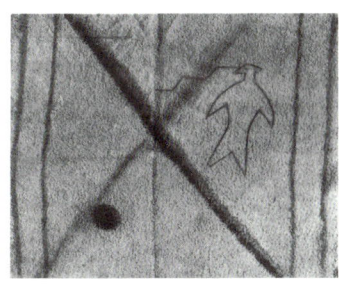

〈사내의 꿈의 깃발〉, 치페와 족, 미국 미네소타 주
화이트 어스

꿈의 깃발과 장대가 치페와 인디언 보호 구역의 한
집 앞에 꽂혀 있다.
미국 위스콘신 주 락 드 플램보 마을

꿈의 소산물(3)

꿈의 상태로부터 새로운 지식이나 통찰력 및 원형적인 또는 심오한 이미지를 가지고 되돌아오는 일이야말로 모든 창조적 꿈의 목적이다. 창조적인 꿈을 꾸는 사람은 꿈의 상태와 깨어 있는 상태가 모두 중요한 가치를 띠고 있음을 깨닫고 있다. 이 두 상태는 서로 다른 지각의 방식이며, 꿈의 소산물은 이 두 상태 사이의 교량 역할을 한다.

연금술사들은 자기 꼬리를 물고 있는 뱀 오우로보로스(Ouroboros)의 원형적인 이미지를 최고의 우주적 측면이라 보고 창조적 에너지를 표상하는 데 사용했다. 독일의 화학자 F. A. 케쿨레의 말을 빌리면, 그는 꿈속에서 이 이미지를 보고 벤젠의 분자식을 발견했다고 한다.

〈오우로보로스〉, 《베니스의 연금술》 사본에서 발췌, 14세기경

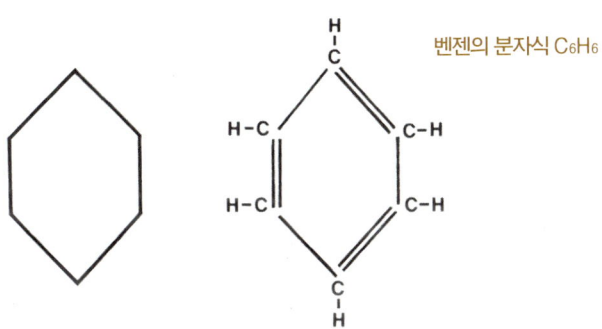

벤젠의 분자식 C_6H_6

오늘날 서구 사회에서 사는 사람들은 꿈속
에서 사방(동서남북)을 이러한 형태로 본 사
람의 꿈 이미지에서 문화적 용도나 정신적
용도를 발견하지 못하기 때문에 이제 이 이
미지는 장서 표지 속에 새겨놓은 개인적인
'토템'의 구실만 하게 되었다.

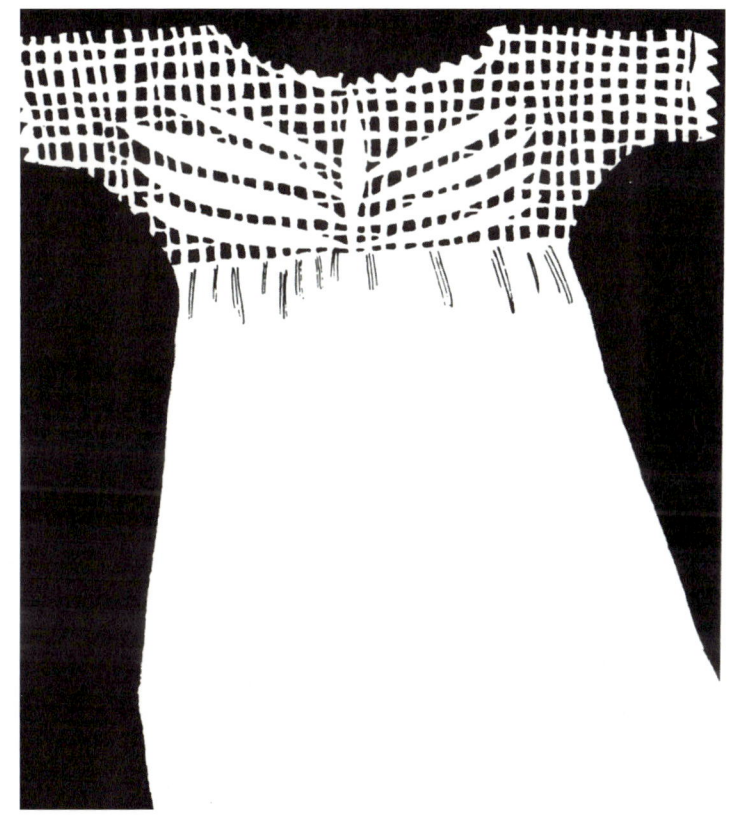

'유령 춤' 의상을 꿈에 본 사람처럼 라이트 여사 역시 이 밑그림을 황홀한 꿈속에서 얻게 되었다고 한다. "주위가 온통 밝은 빛으로 가득 찬 곳에서 나는 내 주치의의 부인이 나타나는 걸 보았지요. 그녀의 눈은 별처럼 빛났어요. '방을 안내해 드리지요' 라고 말하며 그녀는 침대가 놓인 어떤 방으로 나를 안내했어요. 침대 위에는 레이스로 아주 예쁘게 수를 놓은 옷이 있었어요. '내게는 너무 아름다운 옷이군요. 그냥 평범한 옷이 더 어울릴 텐데요'라며 내가 말하자 그녀는 '그건 당신 옷이랍니다' 하고 말하는 것이었다." 라이트 여사는 구조대 찬가인 '승리의 월계수, 영광의 왕관, 승리의 월계수를 내가 볼지니'라는 노래를 계속 부르며 일어났다고 한다.

존 레이어드, 《토끼의 숙녀》, 1954년, 런던

북미 평원의 인디언들은 환상 속을 헤매다 만나는 수호 신령이 꿈꾸는 자에게 이런저런 것들을
일러준다고 한다. 간혹 꿈에서 깨어난 당사자는 즉시 자신의 경험에 관한 비밀스러운 언질을
담은 부적을 만든다. 이 부적은 꿈을 상기하거나 재창조하기 위한 수단으로 사용된다. 꿈을 꾸
는 사람들은 주로 동물이나 새의 형상을 취한 천상적인 수호자를 만나지만 간혹 그들 못지않은
참된 신령들, 즉 이 북에 그려진 주제처럼 시방의 신령들을 만나기도 한다.

<맨던 족의 들소가죽 북>, 미국 노스다코타

에스키모의 샤먼은 꿈 세계에 사는 피조물들과 실체들을 묘사하고 있다. 이들을 상징하는 탈들이 공적인 제의에 사용되기 위해 만들어진다. 강물에 떠내려온 목재를 사용하여 만든 이 탈은 부드럽게 채색되어 있는데, 물개의 속 영혼, 즉 이누아(inua)를 보여주고 있다. 모든 존재는 이누아를 지니고 있다고 한다. 그러나 그것은 의식이 고조되어야만 인지될 수 있다고 한다.

〈에스키모의 나무로 만든 탈〉, 미국 알래스카 굿뉴스 베이

꿈의 예술(1)

1924년 시인이자 초현실주의 이론가 앙드레 브르통은 무의식의 위력에 대해 주의를 환기시켰다. 《초현실주의 선언문》에서 꿈은 자연적이며, 비논리적이고, 숨겨진 인간적 진리의 신비스러움이 실현된 것으로 이해될 만큼 큰 비중을 차지하게 되었다고 말한다. 브르통이 이해하고 있는 꿈은 프로이트의 꿈으로 '무의식으로 이르는 왕도'인 것이다. 그는 비이성적인 것에 가까이 접근하는 수단으로서의 꿈에 관심을 두었으며, 꿈의 상태 그 자체에 대해서는 별 관심이 없었다. 아마도 상상력은 이제 제 권리를 회복할 단계에 도달했는지도 모르겠다. 만일 우리 마음의 깊은 곳이 표면의 것들을 증폭시키고 정복할 수 있는 이상한 힘을 간직하고 있다면, 그 힘을 찾아내는 것이야말로 우리의 최대 관심사가 아닐 수 없다. 우선 그 힘을 찾아낸 다음 기회가 닿으면 그 힘을 우리 이성의 범주 속에 넣도록 해야 할 것이다.

대중은 초현실주의적 그림을 '꿈'이나 '꿈 같다'는 말과 구별하지 않고 뭉뚱그려 '꿈의 예술'이라고 부르지만 초현실주의라는 기치 아래 모인 예술가들의 작품이 각기 꿈의 상태와 어떤 관계를 맺고 있는지를 살펴보는 것은 매우 중요하다. 최초의 초현실주의자였던 시인들(이 운동은 문학에서 먼저 일어났다)은 논리성이나 문학적, 사회적 전통에는 아랑곳하지 않고 황홀 지경에서 무의식적으로 글을 쓰는 작업을 실험했다. 앙드레 마송은 이러한 실험적 작업을 시각화하고, 무의식적으로 손 가는 대로 그림을 그리고자 시도했던 사람이다.

시인이자 화가이며 조각가인 장 아르프(J. Aarp)는 '꿈의 조형 작품들'을 만들어내면서 허무주의적 예술 운동인 다다이즘(Dadaism)에서 초현실주의로 넘어갔다. 그는 이렇게 말했다. "나는 자연이 예술과 상치된다고 믿지 않는다. 예술은 자연에 그 뿌리를 두고 있으며, 인간이 승화됨으로써 승화되고, 신령하게 된 것이다." 아르프는 꿈을 통해서 승화된 순수한 형상에 도달할 수 있다고 말했다.

초현실주의자들로부터 대가 또는 선구자로 추대받았던 조르지오 데 치리코는 꿈이란 무의식적인 상태이긴 하나 이상적인 상태라고 보았다. "어떤 예술 작품이 불후의 명작이 되려면 어떠한 상식이나 논리의 기호도 나타내지 않은 채 인간 세계의 한계성을 뛰어넘어야 한다. 이러한 방법으로 작품 활동은 꿈에 가까이 접근할 수 있을 것이다. 우리는 우리의 마음속에 자체의 모습을 나타내고, 우리가 꿈에서 보는 것들과 밀접한 관계를 지니고 있는 상념들은 물론 오만 가지 이미지들을 부단히 통제하지 않으면 안 된다. 꿈에서는 아무리 괴이한 이미지들일지라도 그것의 형이상학적인 힘 때문에 우리가 충격을 받았다고 하는 일이 있을 수 없다는 점은 묘한 일이 아닐 수 없다. 바로 이점 때문에 우리는 꿈에서 영감의 출처를 찾기를 마다하고 다른 곳으로 찾아나서는 것이다. 토머스 드 퀸시 같은 사람의 수법은 우리에게 별다른 매력을 지니지 못한다. 그러나 꿈은 너무나도 이상한 현상이며, 형언할 수 없는 신비인 것이다."

마시모 카라, 《형이상학적 예술》(1971)

〈분홍색 탑〉, 조르지오 데 치리코, 1913년, 이탈리아 베니스, 페기 구겐하임 재단

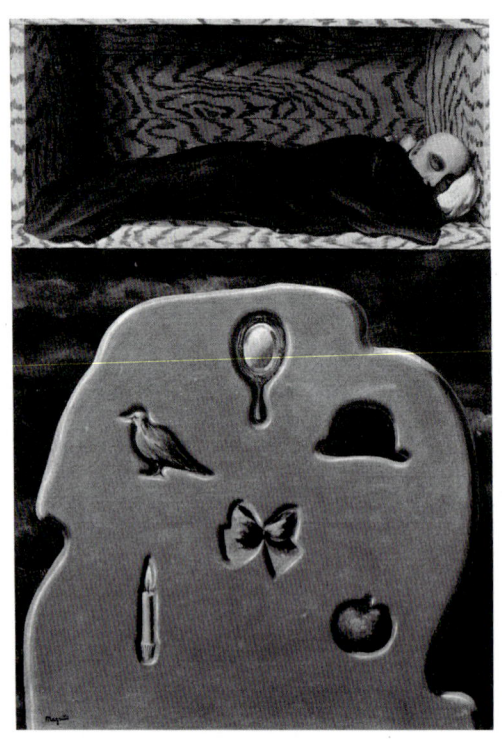

르네 마그리트: "내 그림에 관한 한 '꿈'이란 말은 간혹 잘못 사용되어지고 있다. 우리는 물론 꿈의 영역이 볼품 있는 것이기를 원한다. 그러나 우리의 작품은 해몽을 목적으로 하는 것이 아니다. 그와는 정반대다. 나의 그림에서 꿈이 관여되고 있다면, 그것은 우리가 잘 때 보는 그런 꿈과는 매우 다른 의미에서. 나의 그림에서 꿈은 '스스로의 의지'에 의한 것이다. 따라서 꿈 속으로 도피했을 때 느끼는 그러한 모호한 감정 따위는 찾아볼 수 없다."
수지 가브리크, 《마그리트》, 1970년, 런던과 뉴욕

마그리트의 그림들은 역설적인 명징성의 순간을 포착하여 보여주고 있다. 그의 그림들은 인위적인 꿈들이다.
〈거리낌 없이 잠자는 사람〉, 르네 마그리트, 1927년, 런던 테이트 모던 갤러리

"살바도르 달리가 편집증 현상의 내면 심리적 과정에 대하여 관심을 갖게 된 것은 1929년의 일이다. 이 방법은 곧 편집광적 비평 활동(Paranoiac - Critcal activity)이라는 명칭이 붙은 정신 착란적 비평 방법의 종합이다."

편집병: 체계적인 구조를 허용하는 해석적 연상법의 섬망 증세. 편집광적 비평 활동: 정신 착란적 현상에 대한 해석적 비평 연상법에 입각한 비합리적 이해의 무의식적 방법.

페트릭 발트버스, 《초현실주의》, 1965년

달리의 예술은 고도로 양식화된 꿈의 세계를 회화적으로 묘사하고 있으며, 당시 프로이트의 혁신에 대한 존경심을 공개적으로 표명하고 있다.

〈꿈을 꾸는 탁월한 사람 또는 위대한 편집병 환자〉, 살바도르 달리, 1936년, 런던 테이트 모던 갤러리

꿈의 예술(2)

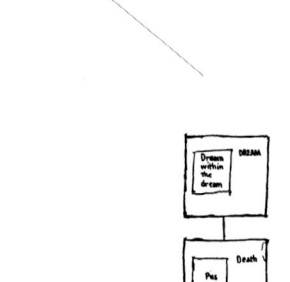

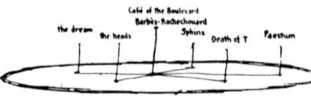

예술은 꿈과 여러 가지 형식으로 관계를 맺을 수 있다. 재스퍼 존스의 첫 번째 깃발 그림 (Flag Pain-ting)은 들리는 바에 의하면 꿈의 결과라고 하는데, 1950년대 중반 예술에 있어 그것이 갖는 혁신적 의미에도 불구하고, 꿈에서 영감을 얻었다는 점에서 전통적인 예의 하나에 지나지 않는다. 한때 초현실주의자였던 자코메티의 작품인 이 그림들은 꿈의 장면을 기록하고 탐구한 것의 일부다.

슈네만의 동적인 극장 무대(Kinetic Theatre)는 심오한 꿈의 사건들을 재연하는 것이다. 더 팅(The Ting) 극단은 꿈의 시나리오를 좀 더 혁신적인 방법으로 재연한다. 꿈과 예술 사이의 인과적 관계는 뒤집혀지기도 한다. 기신과 소머빌의 꿈기계는 관객을 위하여 꿈을 유도하거나 만들어내며, 힐러의 꿈의 도표 작성법 (Dream mapping)은 여럿이 공동으로 꿈꾼 것에 대한 조사 연구로, 이 경우 예술 활동은 꿈의 상태에서 이루어지며 기록은 깨어 있는 상태에서만이 이루어진다.

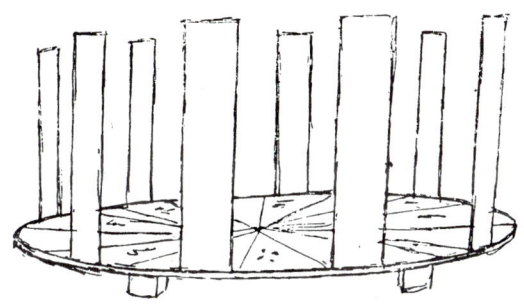

알베르토 자코메티: "나는 나도 모르는 사이 그 꿈을 다르게 표현하기 시작했다. 나는 내게 일어난 일을 좀 더 꼼꼼하면서도 인상적인 방법으로 표현하고자 노력했다. 나는 이 모든 것을 비길 데 없이 마음에 쏙 들게 말하고 싶었다. 어떤 점들은 환각처럼 보이게 하면서라도 말이다. 그렇다고 해서 그것들 간에 무슨 관계를 찾아내려고 시도하지는 않았다. 그런데 내가 환각이라고 생각한 것을 정서적으로 표현하는 방식과 내가 묘사하고자 하는 일련의 사실들 사이에는 모순이 있었다. 나는 잡다한 사건과 장소, 느낌들 사이에서 정신을 잃을 지경이었다. 나는 밑그림이 물체로 바뀌는 것을 보았다. 직경이 2미터나 되는 원반으로 말이다. 이상한 쾌감을 느끼며 나는 내가 그 원반 위 ─ 시간과 공간 ─ 를 걸어다니며 내 앞에 펼쳐진 이야기를 읽는 것을 상상했다. 마음이 내킬 때 시작하는 자유, 이를테면 1946년 10월의 꿈에서 출발해 온갖 곳을 돌아다니다 내 수건 앞에 놓인 물체들 앞에 그보다 몇 개월 앞서 내려서는 자유를 상상했다.

《꿈과 스핑크스 및 T의 죽음》, 알베르트 자코메티, 1959년, 런던

극단 더 팅은 벽을 바닥 쪽으로 기울여놓음으
로써 날아다니는 꿈을 상연했다.

〈더 팅의 꿈의 상연〉, 1974년, 영국

카롤리 슈네만: "나의 모든 작품의 출처는 꿈과 생시 사이에 있다. 나는 침상 곁에 연필과 펜, 책과 녹음기를 놓아둔다. 전에는 눈을 뜨지도 않은 채 담벼락에다 메시지를 긁적대거나 그림을 그리곤 했다. 간혹 작업 중에 꿈이 미친 영향을 잊기도 하는데, 나중에 그것을 생각해낼 때도 있다."

카롤리 슈네만, 《up to and including her limity》, 1974년, 미국

브라이언 기신과 아이언 소머빌: "꿈 기계는 우리의 상상력 — 빛이 깜빡일 때 이미지를 만드는 우리의 재능은 자극을 받게 된다고 한다 — 을 자극하는 현상들을 탐구하기 위한 간단한 도구로 시작되었다. 될 수 있는 한 실린더에 가까이 붙인 다음 눈을 감게 하고 거기다 적어도 100와트 밝기의 등으로 반복해서 깜빡일 때 최대의 효과를 얻게 된다. 그 효과는 오랫동안 계속 진행된다. 커다란 기계를 사용할 때는 완전한 활동 사진이 만들어지기까지 하며 눈 바로 앞 빛나는 영사막에 입체적으로 상연되는 것처럼 보이기까지 한다.

브라이언 기신의 〈The Dreammachine〉과 아이언 소머빌의 〈Flicker〉, 《올림피아》, NO.2, 1962년, 파리

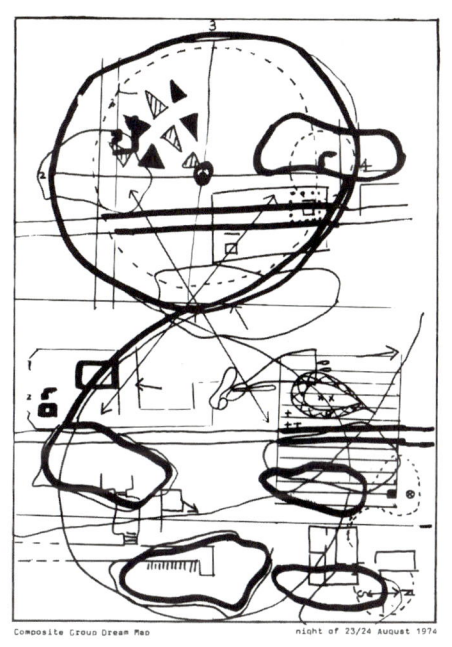

Composite Group Dream Map

night of 23/24 August 1974

수전 힐러: 꿈도표 작성법은 예전의 도표 쪼가리나 꿈 연습 과정이라 불리는 탐구 방법에서 점차 발전해나가고 있다. 나는 오랫동안 '여러 사람이 함께 인식하는 것을 어떻게 표현할 수 있을까?' 하는 생각에 몰두했다. 이 그림은 일곱 명의 사람이 특정 시간과 장소에서 꾼 꿈의 범위와 크기 및 감각을 도해한 것이다. '주관적인' 심리적 경험과 부호가 중첩되는 범위는 이 합성된 도표에서 굵은 선으로 나타냈다.

수전 힐러, 《꿈 도표 작성법》, 1974년, 영국

의식적인 꿈(1)

유체(遺體) 투사(Astral Projection), 즉 육체를 벗어나는 경험을 한다든가, 명료한 꿈을 꾼다는
것은 우리가 꿈속에서 의식을 하고 있거나, 또는 의식을 하게 되는 꿈의 상태를 말한다. 이러
한 의식의 또 다른 상태를 처음으로 깨닫게 되었던 경험을 실반 멀둔(Sylvan Muldoon)은 다음
과 같이 묘사하고 있다.

"내가 최초로 투사 꿈을 객관화하면서 나는 비로소 의식적으로 되었다. 나는 흙먼지가 날리는
길을 걷고 있었다. 날씨가 어찌나 더운지 목이 탔으나 물 마실 곳은 보이지 않았다. 그런데 풍
차가 보이는 게 아닌가! 나는 풍차 아래 물탱크가 있는 곳으로 부리나케 달려가보았으나, 물은
한 방울도 없었다. 풍차를 올려다보니 돌지 않고 있었다. 풍차를 돌리면 물을 뿜어올리게 될
것이라고 알고 있던 나는 사다리를 타고 풍차로 올라갔다. 꼭대기에 다다르자 풍차가 돌기 시
작하더니만 내 옷을 휘감아 나를 공중으로 냅다 튕기는 것이었다. 나는 내가 우리집 가까이에
있는 강으로 날아가고 있다는 것을 알 수 있었다. 그곳에서 물을 마실 수 있을 것이다. 나는 곧
강가에 이르러 무릎을 구부려 물을 마셨다. 내가 뚜렷한 의식을 지니게 된 것은 바로 그 순간이
었다. 나는 강둑에서 내 자신의 유체(Astral Body)가 서 있는 것을 발견했다. 그곳은 내가 가끔
낚시를 하던 곳이었다."

오르고(사다리), 날고(밖으로 움직이는 것), 의식을 지니게 되는 것(깨어남) 등에 대한 주제가 모두
이 이야기 속에 들어 있다. 유체가 존재론적인 실재를 지니는지 또는 준존재론적 실재를 지니
는지, 의식이 비물질적이긴 할지라도 유체를 하나의 이미지 속에 구체화된 것으로 지각하거나
생각할 수 있기 때문에 유체는 존재하는 것인지의 여부, 존재론 자체가 어떤 의미를 가져 비물
질적 또는 비객관적인 환상의 세계가 망상의 세계가 될 가능성이 있는지 없는지의 여부, 유체
나 영육 또는 바(Ba)에 관한 개념들이 여러 문화권에서 발견된다.

이집트의 비법 전수자들은 인간 본질이 여섯 가지의 구성 요소, 즉 3가지 물질적 요소(육체, 이름, 그림자)와 3가지 정신적 요소(카, 바, 아크)로 이루어져 있다고 믿었다. 죽은 자의 얼굴을 지닌 쟈리부 새로 표상되는 바(Ba)는 꿈을 꿀 때나 죽을 때 육체를 떠나고, 저세상에서도 의식과 자율성을 지니고 정신이 말짱한 상태로 있게 된다고 생각했다.

〈바와 미라로 만들어지는 시신〉, 이집트의 묘비석에서 발췌, 기원전 3~1세기, 코펜하겐 밀라레파나 그 밖의 다른 사람들이 겪은 여행의 시말을 멀둔은 상세히 묘사하기 시작했다. 중국에서 말하는 '명상의 단계'를 보여주고 있는 이 삽화들은 티베트의 초스―드럭과 밀접한 관계를 지닌다. 삽화에 붙인 영감이 넘치는 설명은 이렇게 끝을맺고 있다. "혼령의 불에 의해 만들어진 형상들은 껍데기만 남은 선(線)과 형상이니라."

단계 1: 빛을 모음.

단계 2: 힘의 자리에 새로운 존재를 탄생시킴.

단계 3: 영과 육이 독립적으로 존재하기 위해 분리함.

단계 4: 상황 한가운데 있는 중심, 유체의 투사 단계.

《혜명경》의 삽화, C. G. 융의 《연금술 연구》, 1967년, 런던

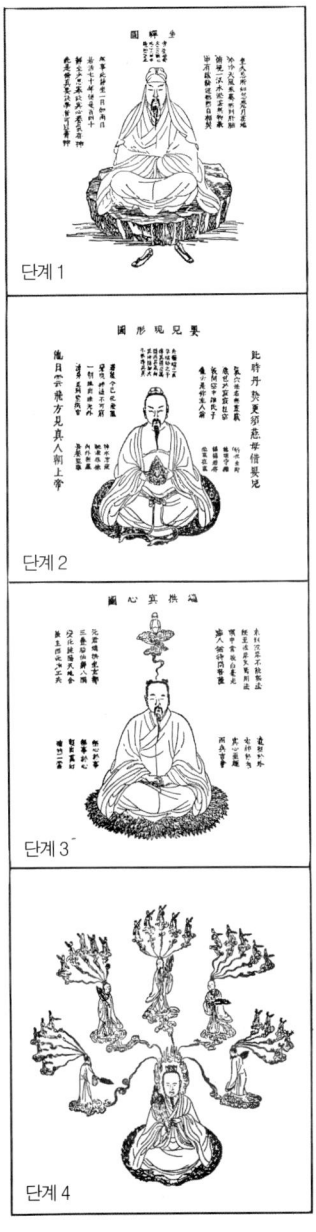

단계 1

단계 2

단계 3

단계 4

1 일치되어 있던 허상이 살짝 나옴.

2 공중에 떠 있는 허상, 곧추서는 때도 있다.

3 화살표는 허상이 투사되는 경로를 보여준다. 날아가는 꿈
을 꾸기 전에 허상은 가끔 이러한 자세를 취한다. 그런 다음
떨어지는 꿈을 꾼다. 허상은 여기서도 곧추서는 때가 있다.

4 허상은 투사되어 줄이 닿는 범위 내에서 곧추서게 된다.

실반 멀둔과 히리워드 케링턴의 《유체 투사》에서 인용, 1929년,
뉴욕

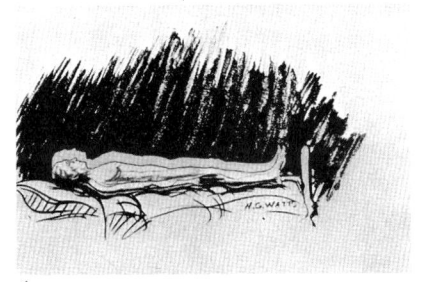

1

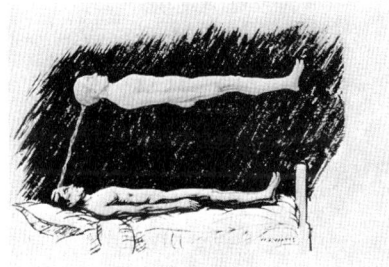

2

3

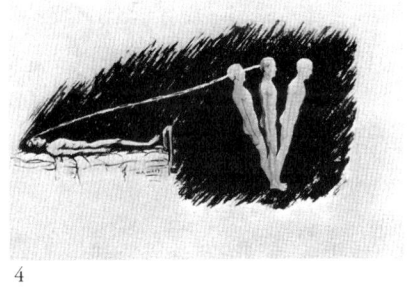

4

의식적인 꿈(2)

오스트레일리아 원주민들은 '꿈을 꾼다'든가 '꿈꾸는 시간'이란 것이 그들의 신화적 조상들이 살던 시대인 과거의 시간이 아니라, 사회적 행동에 대한 일종의 헌장, 오늘날의 사건들을 비준해주는 오늘날의 상황이라고 생각한다. 이러한 개념의 미묘한 성격은 한 개인의 영적 육신이며 동시에 꿈을 꾸는 시간에 일어나는 사건들을 표시한 신성한 마법의 지도인 추링가(Churinga)라 불리는 것의 물질적 현현에서 잘 표현되어 있다. 추링가는 인간과 그들의 신화적 조상들을 이어주는 신화적 굴레를 표상하는데, 개체의 어머니가 지닌 초자연적인 불사의 신체 상(相)을 이루는 것이라고 묘사되기도 한다. 추링가는 사실상 개체적 의식과 집단적 의식이라는 시각에서 바라본 정신적, 물질적 세계의 본성을 표시하는 기호다.

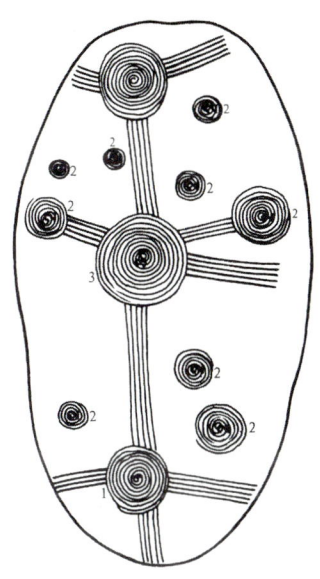

추링가에 대한 지도의 의미는 이렇게 기술되어 있다. "골짜기가 있는 나가파트짐비(1)에서 몇 마리의 메뚜기가 땅으로부터 나와 공중으로 날아오르더니 다시 땅으로 되돌아갔다. 거기서 그것들이 모여 번식하더니 다음 번 우기가 지나자 여러 곳에(2) 나타났다. 그들은 공중으로 날아 올라가더니 사람들이 되어 내려왔다. 이 사람들은 완타우가라(3)로 가서 동굴 속으로 들어가더니 추링가가 되었다. 원들을 잇는 평행선들은 메뚜기들이 풀과 잎을 잘라 만든 길을 의미한다. 짧은 선들은 그들이 모래에 남긴 자취다. '나가파티짐비와 완타우가라'는 중앙 오스트레일리아 맥도널 산맥으로부터 북쪽으로 80킬로미터 떨어진 사막에 있는 성지다.

〈추링가〉, 중앙 오스트레일리아, 런던 인류 박물관

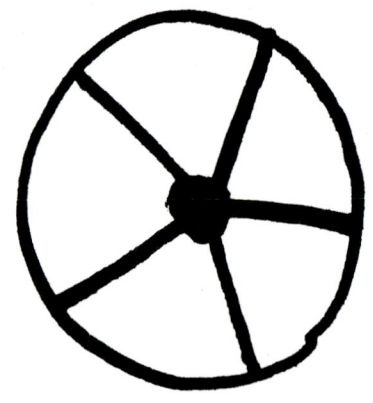

말레이시아의 세노이(Senoi) 족 아초크가 자신이 샤먼의 오두막에서 꿈꾼 것을 도해한 것이다. 중앙의 점은 아초크를 나타낸다. 바퀴살들은 고깔 모양의 지붕을 이룬 잎들을 나타낸다. 원주는 둥그런 마룻바닥의 가장자리를 뜻한다. 높은 경지에 몰입한 세노이인들은 한결같이 이러한 모양의 오두막을 짓고 그 속에 들어 앉아 두문불출하며, 그들의 수호령의 혼이 내리기를 기다렸다. 그들은 자신들이 경험한 것을 똑같은 도해들로 나타냈다. 도해들은 내적 및 외적 실재의 전체성 또는 완전무결한 통합을 상징한다. 이 도해들은 어디에나 있을 수 있는 세계의 정신적 중심에 있는 자아를 상징한다. 세노이에 의해 규명된 영혼의 구조가 샤먼의 오두막이나 신전의 구조에 반영되어 있으며, 온 우주를 상징하는 도해에는 비유적으로 반영된다. 세노이의 용어를 따르면, 원 안의 다섯 분절은 인간 개개의 면모를 이루는 다섯 개의 '영혼'을 상징한다고 한다. 이 다섯 영혼은 조심스레 계발되지 않으면 그 가능성은 미결로 남게 된다고 한다.

아초크의 그림, 킬톤 스튜어트의 《주술적 종교 신앙과 관습》에서 발췌한 그림, 1948년, 런던 대학교

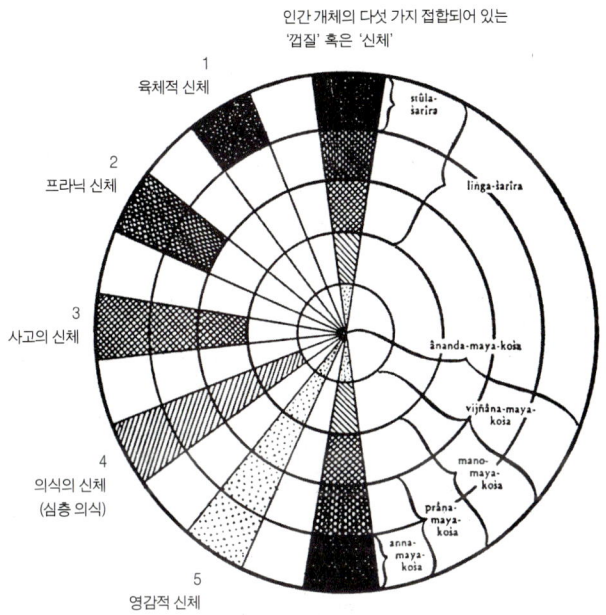

인간 개체의 다섯 가지 접합되어 있는
'껍질' 혹은 '신체'

1
육체적 신체

2
프라닉 신체

3
사고의 신체

4
의식의 신체
(심층 의식)

5
영감적 신체

stûla-śarîra

linga-śarîra

ânanda-maya-kośa

vijñâna-maya-kośa

mano-maya-kośa

prâna-maya-kośa

anna-maya-kośa

티베트 불교의 가르침에 의하면, 인간 의식의 중심은 비어 있으며, 일체의 제한적인 규정들을 초월한다고 한다. 그 중심은 다섯 겹의 껍질에 의해 둘러싸여 있는데, 우리의 내적 존재의 중심을 향해 점차 밀도를 높여가면서 결정체화하여 둘러싸고 있다고 한다. 이 껍질들 중 가장 밀도가 높은 것은 육신으로서 자양분을 섭취한 것이다. 다음의 껍질은 미묘한 신체 또는 에테르 같은 신체로서 호흡을 통해 키워진다. 다음은 적극적인 사고로 형성된 생각의 신체라고 할 수 있는 인격이 둘러싸고 있다. 네 번째는 잠재적인 영적 의식의 신체이고, 다섯 번째는 지복의 보편적 의식의 신체로 오직 해탈을 통해서만 경험되는 껍질이다. 꿈에서나 생시에나 '언제나 맑은 정신'으로 깨어 있으며 정진하는 일이야말로 자아의 이러한 여러 측면 사이의 상호관계나 결속을 이해하는 첩경인 것이다.

아나가리카 고빈다, 《티베트 신비주의의 기초》, 1960년, 런던

<추링가>, 중앙 오스트레일리아, 런던 인류 박물관

꿈에 나타날지도 모를 악한 힘을 막기 위해서 꿈꾸는
사람이 사용했던 티베트인들의 전갈 형태의 부적.
L. A. 와델, 《티베트의 불교》에서 발췌, 1895년, 런던

| 참고 문헌 |

Andre Breton, *Surrealists on Art.* Lucy Lippard (ed.), New York, 1970.

Ann Faraday, *Dream Power,* New York, 1972.

Aristider : E.R. Dodds, *The Greeks and the Irrational,* Boston, 1957.

Aristotle, 'On Prophecy in Sleep', tr. W. S.Hett, On the soul : *Parva Naturalia, On Breath,* Boston, 1936.

Artemidorus, *Oneirocritica,* tr. R. Wood, London, 1644.

Australian statement : Quoted by W. E. H. Stanner, 'The Dream-ing', in. T. A. G. Hungerford (ed.), *Australian Signpost,* Melbourne, 1956

Bhagwan Shree Rajneesh, *The Internal Revolution,* Bombay, 1973.

Black Elk : *Black Elk Speaks,* as told through John G. Neihardt, Lincoln, 1961.

Brave Buffalo, and Teal Duck : Francis Densmore, *Teton Sioux Music,* Bureau of American Ethnology, Washington, 1918.

C. Kerenyi, *Asklepios,* London. 1960.

C.G. Jung, *Alchemical Studies,* Collected Works, vol, 13, London, 1967.

C.G. Jung, *Memeries, Dreams and Reflections,* London, 1963.

C.G. Jung, *Modern Man in sech of a Soul,* London, 1933.

C.G. Jung, *Symbols of Transformation,* Collected Works, vol. 5, London, 1956.

Carlos Castaneda, *Journey to Ixtlan,* London, 1973.

Carlos Castaneda. *Tales of Power,* New York. 1974.

Celia Green, *Lucid Dreams,* Proceedings of the Institut for Psychophysical Research, London, 1968.

Charles T. Tart, 'The "High" Dream', *Altered States of Consciousness,* Charles T. Tart(ed.), New York, 1969.

Chuang-tsu : tr.Arthur Waley, *Madly Singing in the Mountains,* London, 1970.

Claudio Naranjo and Robert E. Ornstein, On the *Psychology of Meditation*, London, 1972.

Father Fremin : quoted in *Black Gown and Red Skins,* E. Kenton(ed.), London, 1956.

Frederick Greenwoood, *Imagination in Dreams,* London. 1894.

Frederick van Eeden, *A Study of Dreams,* Proceedings of the Society for Psychical Research, London, 1913.

George Devereux (ed.), *Psychoanalysis and the Occult,* London, 1974.

Henri Bergson. *Dreams.* London. 1914.

Heraclitus, tr. Philip Wheelwright, *Heraclitus,* Princeton, 1959.

Hervey de Saint-Denis, *Les Reves et les inoyens de les diriger,* Paris. 1867.

J.W. Dunne, *An Experiment with Time,* London.1927.

Joseph Campbell (ed.) *Myths, Dreams and Religion,* New York. 1970.

Kilton R. Stewart, 'Dream Theory in Malaya', *Altered States of Consciousness,* Charles T. Tart(ed.), New York, 1969.

Lost Star, and Papago Foot : Leslie Spier, *Yuman tribes of the Gila River,* University of Chicago Publications in Anthropology, Ethnographical Series, Chicago, 1933.

Meckawigabau : Francis Densmore, *Chippewa Music,* Bureau of American Ethnology, Washington, 1910.

Mircea Eliade, Myths, *Dreams and Mysteries,* London, 1960.

Mircea Eliade, *Yoga, Immortality and Freedom,* Bollingen Series, Princeton, 1969.

Montague Ullmam, Stanley Krippner and Alan Vaughn, *Dream Telepathy,* London, 1973.

Najmoddin Kobra, Shamsoddin Lahiji, and Ibn 'Arabi : tr. Henry Corbin, 'The Visionary Dream in Islamic Spirituality', *The Dream and Human Societies,* G. E. von Grunebaum and Roger Callois (eds), Berkeley, 1966.

Norman Malcolm, *Dreaming,* Studies in Philosophical Psychology, London, 1959.

Raymond de Becker, *The Understanding of Dreams,* London, 1968.

Rechung's Life of Milarepa. tr. Lama Kazi Dawa-Sanduo, *Tiber's Great Yogi, Milarepa,* W.Y. Evans-Wentz (ed.), Oxford, 1928.

Robert A. Monroe, *Journeys out of the Body,* New York, 1973.

S.G.M. Lee and A.R.Mayer (eds.), *Dreams and Dreaming,* London, 1973.

Sigmund Freud. *The Interpreatation of Dreams,* tr. James Strachey, London, 1954.

Smohalla : Herbert J. Spinden. *The Nez Perce Indians,* American Anthropological Association Memoires, Lancaster, 1908.

Sylvan Muldoon and Hereward Carrington, *The Projection of the Astral Body,* New York, 1929.

The Thirteen Principal Upanishads, tr. R.E Hume, Oxford, 1931.

Uitoto creation myth : tr.Margot Astrov, *The Winged Serpent,* American Indian Prose and poetry, New York, 1946.

꿈
DREAM
이란

데이비드 콕스헤드, 수잔 힐러 지음 | 이희정 옮김

발 행 일   초판 1쇄 2013년 7월 31일
　　　　　초판 2쇄 2013년 8월 9일
발 행 처   평단문화사
발 행 인   최석두

등록번호   제1-765호 / 등록일 1988년 7월 6일
주　　소   서울시 마포구 서교동 480-9 에이스빌딩 3층
전화번호   (02)325-8144(代) FAX (02)325-8143
이 메 일   pyongdan@hanmail.net

I S B N   978-89-7343-382-7 03840

ⓒ 평단문화사, 2013

이 도서의 국립중앙도서관 출판시도서목록(CIP)은 서지정보유통지원시스템 홈페이지(http://seoji.nl.go.kr)와
국가자료공동목록시스템(http://www.nl.go.kr/kolisnet)에서 이용하실 수 있습니다.
(CIP제어번호: CIP2013011159)